नाना-नानी की कहानियाँ

निरुपमा

ज्ञान गंगा, दिल्ली

प्रकाशक : ज्ञान गंगा, 2/42, अंसारी रोड, दरियागंज, नई दिल्ली–110002
सर्वाधिकार : सुरक्षित / संस्करण : 2025 / मूल्य : चार सौ रुपए
मुद्रक : नरुला प्रिंटर्स, दिल्ली ISBN 978-93-80183-08-4

NANA-NANI KI KAHANIYAN

by Nirupma ₹ 400.00

Published by **GYAN GANGA**
2/42, Ansari Road, Daryaganj, New Delhi-110002

आपके लिए

कहानियाँ केवल कहानियाँ ही नहीं होतीं, ये हमें हमारी संस्कृति और इतिहास से परिचित कराती हैं। बचपन में सभी ने अपने नाना-नानी से कहानियाँ तो अवश्य ही सुनी होंगी। कितना आनंद आता था जब हम जल्दी खाना खाकर नाना-नानी के कमरे में चल पड़ते और जब तक पलकें नींद से बोझिल नहीं हो जातीं, तब तक कहानी सुनते ही रहते थे। कभी-कभी तो हम कहानी सुनते-सुनते नाना-नानी के बिस्तर पर ही सो जाते थे। आज भी जब उन दिनों को याद करते हैं तो मन में एक आनंद की लहर सी उठने लगती है। पुस्तक में कुछ चुनी हुई कहानियों को सरल भाषा तथा चित्रों के साथ संगृहीत किया गया है, जो कहीं-न-कहीं हमें प्रेरणा देती हैं तथा हमें हमारी शिक्षा और संस्कृति का बोध कराती हैं।

आइए, फिल्मों तथा सीरियलों से थोड़ा समय निकालकर अपनी संस्कृति और शिक्षा से भी परिचय किया जाए, जिसका सबसे अच्छा और सरल साधन हमारी ये अनमोल पुस्तकें हैं, जो हमें स्वयं से परिचित भी कराती हैं।

—निरुपमा

विनायकम्
506/13, शास्त्री नगर
मेरठ (उ.प्र.)

विषय-सूची

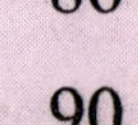

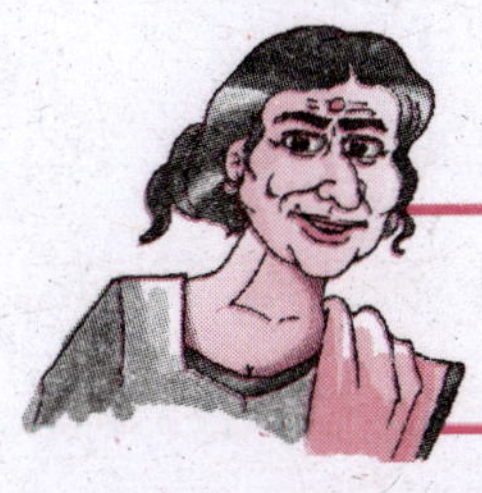

स्वभाव परिवर्तन

राजनाथ नाम का एक चोर था। देखने में वह बहुत ही सीधा-सादा तथा सबके सुख-दुख में काम आनेवाला व्यक्ति था। वह अपने आस-पास कोई ऐसा काम नहीं करता था, जिससे उसकी बदनामी हो। अपनी छवि को अच्छी बनाए रखने के लिए वह दरजी का काम भी करता था। यदि गाँव में कोई चोरी की घटना हो भी जाती तो उस पर कोई जरा भी शक नहीं करता था।

राजनाथ ने अपनी पुत्री की सगाई एक अच्छे परिवार में तय कर दी थी, लेकिन धनाभाव के कारण वह उसका विवाह नहीं कर पाया था, क्योंकि लड़केवाले दहेज में बीस हजार रुपए माँग रहे थे। राजनाथ ने अपनी पुत्री के लिए पढ़ा-लिखा, काबिल लड़का चुना था, इसलिए वह रिश्ता तोड़ने को भी तैयार नहीं था। जैसे-जैसे विवाह की तारीख नजदीक आ रही थी, राजनाथ की चिंता बढ़ रही थी। पूरी कोशिश करने के बाद भी राजनाथ दहेज की रकम नहीं जुटा पा रहा था।

एक दिन जब राजनाथ चोरी करने निकला तो उसे अपने पकड़े जाने का डर नहीं था। उसे केवल इस बात की चिंता थी कि यदि आज उसे चोरी में भी धन नहीं मिला तो उसकी इज्जत मिट्टी में मिल जाएगी। उसने मन-ही-मन माता वैभव लक्ष्मी का स्मरण किया, 'माता! आज मेरा मोटा सा दाँव लगवा दे। मेरी पुत्री का विवाह हो जाए, तो मैं तेरा पूजन भी

करूँगा और ब्राह्मणों तथा कन्याओं को भोजन भी कराऊँगा।'

चोर होते हुए भी राजनाथ माता वैभव लक्ष्मी का बहुत बड़ा भक्त था। उसे सामने एक छोटा सा मकान दिखाई दिया। वह अँधेरे में उस घर में घुस गया और माल टटोलने लगा। राजनाथ ने जैसे ही संदूक टटोला, तो उसे एक पोटली दिखाई दी। वह धीरे से पोटली उठाकर अपने घर ले आया। पोटली को एक सुरक्षित स्थान पर छिपा दिया और आराम से चारपाई पर लेट गया।

राजनाथ ने जिस बुढ़िया के घर से गहने चुराए थे, वह एक विधवा

औरत थी। मेहनत-मजदूरी करके उसने एक-एक पैसा जोड़कर अपनी बेटी की शादी के लिए गहने बनवाए थे। सुबह उस विधवा ने जब संदूक खोला तो उसमें गहनों की पोटली को न देखकर वह फूट-फूटकर रोने लगी। उसकी जिंदगी की सारी कमाई चोरी हो चुकी थी।

माँ की रोने की आवाज सुनकर उसकी बेटी भी उसके पास आकर रोने लगी। माँ-बेटी दोनों ही माता वैभव लक्ष्मी की बहुत बड़ी भक्त थीं। प्रत्येक शुक्रवार को व्रत रखतीं और माता वैभव लक्ष्मी का पूजन करती थीं। माँ रो-रोकर कह रही थी, ''हे माता! आपने यह क्या किया? आपके होते हुए मेरे साथ इतना बड़ा अनर्थ कैसे हो गया? पेट काट-काटकर बड़ी मुश्किल से अपनी बेटी के लिए दहेज जमा किया था। अब मेरी बेटी से कौन शादी करेगा?''

दूसरे दिन जैसे ही राजनाथ बिस्तर पर लेटा तो उसे माता वैभव लक्ष्मी ने दर्शन देकर कहा, ''राजनाथ! मेरा भक्त होकर ऐसा घिनौना काम करने में तुझे जरा भी शर्म नहीं आई। उस अबला ने एक-एक पैसा जमा करके अपनी बेटी के लिए गहने बनवाए थे। अरे, तू तो मर्द है। यदि तू चाहे तो इससे भी अधिक धन इकट्ठा कर सकता है। तू जल्दी से जा और उस विधवा को गहने की पोटली वापस कर दे, वरना तेरा सर्वनाश कर दूँगी।''

राजनाथ ने स्वप्न में ही माता वैभव लक्ष्मी से क्षमा माँगी और गहनों की पोटली लेकर विधवा के दरवाजे पर पहुँच गया। जैसे ही विधवा ने दरवाजा खोला तो राजनाथ बोला, ''बहन! मैं तुम्हारा अपराधी हूँ। मुझे क्षमा कर दो। मैं वही नीच हूँ, जो तुम्हारे घर से गहनों की पोटली चुराकर ले गया था। माता वैभव लक्ष्मी की आज्ञा से आपकी अमानत लौटाने आया हूँ। मेरे कारण आपको जो तकलीफ हुई है, उसके लिए बहुत

शर्मिंदा हूँ।'' इतना कहकर राजनाथ फूट-फूटकर रोने लगा।

इसके बाद राजनाथ विधवा से क्षमा माँगकर अपने घर लौट आया और चुपचाप अपने बिस्तर पर सो गया। विधवा और उसकी बेटी को उनके खोए हुए गहने वापस मिल गए। अगले शुक्रवार को उन्होंने माता वैभव लक्ष्मी का पूजन किया और प्रसाद लेकर राजनाथ के घर गई, तो उन्होंने देखा कि वह बहुत दुखी और परेशान था, क्योंकि राजनाथ की बेटी का ससुर दहेज के बीस हजार रुपए लेने के लिए आनेवाला था। राजनाथ को डर था कि यदि उसने बीस हजार रुपए नहीं दिए तो उसकी बेटी की शादी टूट जाएगी।

माता वैभव लक्ष्मी की कृपा से उसी समय अपने संबंधियों के साथ उसकी बेटी का ससुर आकर बोला, ''राजनाथ! अब तुम दहेज की चिंता करना छोड़ दो। माँ वैभव लक्ष्मी की कृपा से मुझे कारोबार में लाखों का फायदा हुआ है। मुझे दहेज के नाम पर कुछ भी नहीं चाहिए। मैं कल बारात लेकर आऊँगा और अपनी बहू को विदा कराकर ले जाऊँगा।''

माता वैभव लक्ष्मी की कृपा से राजनाथ की पुत्री और विधवा की बेटी का विवाह एक दिन ही कर दिया। सभी गाँववालों ने दोनों शादियों में शामिल होकर वर-वधू को आशीर्वाद दिया।

उस दिन के बाद राजनाथ का स्वभाव बिलकुल बदल गया। उसने चोरी करना तो बिलकुल ही छोड़ दिया। अब वह गाँववालों के हर सुख-दुःख में शामिल होता। राजनाथ की यही कोशिश रहती कि वह दुःखी व्यक्तियों की तन-मन-धन से सेवा करे।

भाग्यहीन

एक गाँव में एक गरीब ब्राह्मण अपनी पत्नी और बेटे के साथ टूटी-फूटी झोंपड़ी में रहता था। गाँव में जो भी भिक्षा मिलती, उसी से परिवार गुजारा करता था। कभी-कभी तो उन्हें भूखे पेट ही सोना पड़ता था। एक दिन ब्राह्मणी दुःखी होकर बोली, "स्वामी! मुझे अपनी कोई चिंता नहीं है। मैं तो फटे-पुराने कपड़े और भूखी-प्यासी रहकर भी आपके साथ बहुत खुश हूँ, लेकिन धन की कमी के कारण हम अपने पुत्र को स्कूल भी नहीं भेज पाते। यदि उसने पढ़ाई नहीं की तो वह अनपढ़ ही रह जाएगा।"

ब्राह्मण अपनी पत्नी को यह कहकर दिलासा देता कि भाग्य के लिखे को कोई नहीं मिटा सकता। यदि हमारे भाग्य में निर्धन रहना ही लिखा है तो हम कुछ नहीं कर सकते। लेकिन ब्राह्मणी बार-बार यही समझाती कि शायद कर्म करने से भाग्य बदल जाए। आप किसी दूसरे शहर में जाकर पंडिताई करके तो देखिए। यहाँ गाँव में कोई आपकी पंडिताई की कद्र नहीं करता। हो सकता है, दूसरे शहर में हमारी आय के साधन बढ़ जाएँ।

पत्नी की बात मानकर ब्राह्मण एक दिन अपने परिवार के साथ दूसरे शहर चला गया। लेकिन उस शहर के लोग तो और भी नास्तिक थे। कोई उसे रोटी भी न देता था। जब ब्राह्मण परिवार भूख से तड़पने लगा तो वह अपने गाँव वापस आ गया और पंडिताई तथा भिक्षा माँगकर गुजारा करने लगा।

एक दिन शिव-पार्वती मृत्युलोक की सैर करने निकले थे कि उनकी दृष्टि ब्राह्मण पर पड़ी। ब्राह्मण को नंगे पैर, फटे-पुराने वस्त्र तथा खाली भिक्षा-पात्र देखकर पार्वती को उस पर दया आ गई। पार्वती ने शिव से कहा, ''स्वामी! इस गरीब ब्राह्मण का दुःख मुझ से देखा नहीं जाता। आप इसे धनवान बना दीजिए, तभी मेरे मन को शांति मिलेगी।''

पार्वती की बात सुनकर भगवान् शिव ने कहा, ''देवी! यह मृत्युलोक है। यहाँ हर प्राणी अपने-अपने कर्मों का फल भोग रहा है और किसी-न-किसी दुःख से पीड़ित है। तुम मृत्युलोक में किस-किस का

दुःख दूर करोगी?'' भगवान् शिव के समझाने पर भी पार्वती नहीं मानीं और अपनी जिद पर अड़ी रहीं।

भगवान् शिव ने पार्वती की इच्छा पूरी करने के लिए उस रास्ते पर सोने की ईंट डाल दी, जिससे ब्राह्मण जा रहा था। मैं कितनी दूर आँख बंद करके चल सकता हूँ, यह देखने के लिए ब्राह्मण ने अपनी आँखें बंद कर लीं और ईंट को नहीं देखा तथा आगे निकल गया। पार्वती को ब्राह्मण की मूर्खता पर बड़ा क्रोध आया।

भगवान् शिव बोले, ''देवी! यह ब्राह्मण भाग्यहीन है, इसलिए यह कभी धन प्राप्त नहीं कर सकता।'' इसके बाद शिव-पार्वती कैलास पर्वत पर लौट आए। कैलास आकर भी पार्वती उस ब्राह्मण के विषय में सोचती रहीं और भगवान् से बोलीं, ''स्वामी! ब्राह्मण का परिवार तीन आदमियों का है। आप इनमें से किसी एक को धनवान बना देंगे तो ब्राह्मण परिवार की दरिद्रता अपने आप ही मिट जाएगी।''

भगवान् शिव समझाने लगे, ''हे देवी! इस ब्राह्मण परिवार के सभी सदस्य भाग्यहीन हैं। अपने कर्मों के फल के कारण कोई भी सौभाग्यशाली नहीं है। इन सभी की किस्मत में फटे-पुराने कपड़े और रूखा-सूखा भोजन ही लिखा है।''

भगवान् शिव ने पार्वती को हर प्रकार से समझाने की कोशिश की, लेकिन उन्हें संतुष्टि नहीं हुई। वे बोलीं, ''स्वामी! यदि आप तीनों को एक-एक वर देंगे, तो ये अवश्य ही धन माँग लेंगे और इनकी दरिद्रता मिट जाएगी।''

पार्वती की बात मानकर एक दिन शिव-पार्वती ब्राह्मण के घर गए

और बोले, "मैं तुम तीनों को एक-एक वर देना चाहता हूँ। तुम अपनी इच्छानुसार कुछ भी माँग लो।"

सबसे पहले ब्राह्मणी बोली, "भगवन्! मुझे दुनिया की सबसे सुंदर और जवान औरत बना दीजिए। मरते समय तक मेरी सुंदरता समाप्त न हो।" भगवान् शिव ने जैसे ही तथास्तु कहा, ब्राह्मणी तुरंत एक सुंदर युवती के रूप में बदल गई।

उसी समय गाँव के जमींदार का पुत्र ब्राह्मणी की सुंदरता पर मोहित होकर उसे बलपूर्वक उठाकर ले गया। यह देखकर ब्राह्मण दुःख से विलाप करने लगा। ब्राह्मण को रोते देखकर भगवान् शिव बोले, "ब्राह्मण श्रेष्ठ, रोना बंद करो और एक वरदान तुम भी माँग लो।"

ब्राह्मण ने रोते हुए कहा, "प्रभु, मेरी पत्नी को सुअरी बना दीजिए। इसके सिवा मुझे कुछ नहीं चाहिए।"

भगवान् शिव के तथास्तु कहने के साथ ही ब्राह्मणी सुअरी बन गई। यह देखकर पुत्र अत्यंत दुःखी हुआ।

भगवान् शिव ने ब्राह्मण के पुत्र से कहा, "बेटा! तुम भी कोई वरदान माँग लो।" ब्राह्मण का पुत्र सोच-विचारकर बोला, "प्रभु मेरी माँ को पहले जैसी बना दीजिए।"

भगवान् ने तथास्तु कहा और ब्राह्मणी पहले के समान हो गई। ब्राह्मण परिवार की मूर्खता को देखकर पार्वती बहुत दुःखी हुई और बोलीं, "स्वामी! ये तीनों वास्तव में ही भाग्यहीन हैं। इनके भाग्य को देवी-देवता भी नहीं बदल सकते।"

अंत में पार्वती ने यह स्वीकार कर लिया कि मनुष्य को वही मिलता है जो उसके भाग्य में लिखा होता है और भाग्यहीन को कुछ भी नहीं मिलता।

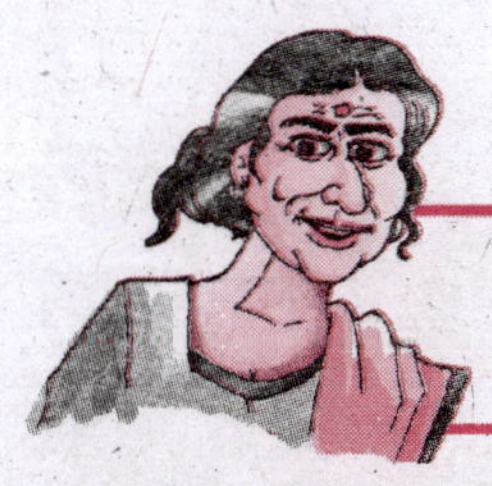

बुराई का फल

किशनपुर गाँव में जमुना नाम की एक बुढ़िया रहती थी। वह मेहनत-मजदूरी करके अपना और अपने बेटे हनुमान का पेट पालती थी। माँ-बेटे हनुमान के बहुत बड़े भक्त थे। प्रत्येक मंगलवार को माँ की तरह बेटा भी व्रत रखता और हनुमान की पूजा करता था। हनुमान स्वभाव से दयालु और परोपकारी था। वह पढ़ा-लिखा तो अधिक नहीं था किंतु उसके मन में भगवान् के प्रति श्रद्धा और विश्वास की कमी नहीं थी।

उसी गाँव में एक ठाकुर भी रहता था, जो स्वभाव से बड़ा ही दुष्ट था। गाँव के लोग उसे घाघ कहते थे। वह एक आँख से काना था। दूसरों को परेशान करने और सताने में उसे बड़ा मजा आता था। गाँव के सभी लोग बालक हनुमान को बहुत प्यार करते थे, इसलिए ठाकुर उससे ईर्ष्या करता था और उसे परेशान करने के लिए षड्यंत्र रचता रहता था।

गाँव के मुखिया की बेटी की शादी थी। मुखिया हनुमान पर बहुत विश्वास करता था। उसने सौ रुपए हनुमान को दिए और कहा कि शाम तक शहर से जरूरी सामान लेकर लौट आओ। हनुमान मुखिया का सामान लेने जा रहा था कि रास्ते में उसे ठाकुर मिल गया। ठाकुर ने मन-ही-मन निश्चय किया कि यदि मैं भी इसके साथ बाजार चला जाऊँ और इसे किसी मुसीबत में फँसा दूँ तो यह गाँववालों की नजरों से गिर

जाएगा और मेरी इज्जत बढ़ जाएगी।

ठाकुर ने हनुमान से कहा, "ठहरो! बाजार तो मुझे भी जाना है। मैं घर से पैसे ले आऊँ, फिर दोनों साथ चलेंगे। यदि दोनों साथ चलेंगे तो रास्ता आराम से कट जाएगा।" इस प्रकार कुछ ही देर में ठाकुर घर से पैसे लेकर लौट आया और हनुमान के साथ बाजार चल दिया। थोड़ी ही दूर

चलने पर दोनों ने कुएँ से ठंडा पानी पिया और पेड़ की छाया में लेट गए।

हनुमान को लेटते ही नींद आ गई, लेकिन ठाकुर हनुमान को फँसाने की तरकीब सोचता रहा। ठाकुर ने मन में सोचा कि यदि मैं हनुमान की जेब से पैसे निकाल लूँ तो यह मुखिया का सामान कहाँ से लाएगा और जब यह खाली हाथ गाँव वापस लौटेगा तो मुखिया इसकी खूब पिटाई करेगा। तब हनुमान की तो सारी इज्जत मिट्टी में मिल जाएगी। ठाकुर ने पहले तो इधर-उधर देखा और फिर हनुमान की जेब से सारे पैसे निकाल लिये। अब तो ठाकुर आराम से सो गया, जिससे हनुमान उसके ऊपर संदेह न करे।

उसी पेड़ पर बैठे दो बंदर सारी क्रियाएँ देख रहे थे। उन्हें ठाकुर की करतूत पर बड़ा गुस्सा आ रहा था। अब एक बंदर पेड़ से उतरकर नीचे आया और ठाकुर की जेब से सारे पैसे निकालकर धीरे से हनुमान की जेब में रख दिए और चुपचाप पेड़ पर आकर बैठ गया।

इसके बाद बंदर ने पेड़ की डाल पकड़कर इस प्रकार हिलाई कि बहुत से आम टूटकर हनुमान और ठाकुर के ऊपर गिरे, जिससे उन दोनों की नींद खुल गई और दोनों बाजार की ओर चल दिए। बाजार पहुँचकर ठाकुर ने कहा, "हनुमान! तुम अपना सामान खरीद लो। मुझे किसी आदमी से मिलना है। दो घंटे बाद मैं तुमसे इसी स्थान पर मिलूँगा।"

ठाकुर यह सोचकर बहुत खुश था कि आज हनुमान की बड़ी दुर्गति होगी। लेकिन जेब की तरफ ध्यान दोनों में से किसी का भी नहीं गया। हनुमान ने शादी का जरूरी सामान तथा अपनी माँ के लिए एक अच्छी सी साड़ी खरीदी और मुखिया की लड़की को देने के लिए एक सुंदर

कंगन खरीदा। हनुमान ने बहुत देर तक ठाकुर का इंतजार किया, लेकिन जब ठाकुर नहीं आया तो हनुमान अपने गाँव लौट आया।

उधर ठाकुर शराब के ठेके पर पहुँच गया। उसे इस बात का पता नहीं था कि उसकी जेब के पैसे चोरी हो गए हैं। ठाकुर ने भरपेट समोसे, पकौड़े और मिठाइयाँ खाईं तथा शराब पी। एक बोतल शराब पीने के बाद ठाकुर ने पान और सिगरेट मँगवाई। जब शराब का नशा ठाकुर पर पूरी तरह से चढ़ गया तो वह ठेकेदार के पास गया और अकड़कर बोला, "कितने पैसे हुए?"

ठेकेदार ने कहा, "तीस रुपए।"

ठेकेदार बहुत ही रूखा और सख्त आदमी था। रोज उसे शराबियों का ही सामना करना पड़ता था। ठेकेदार का धंधा नरमी से नहीं चल सकता, इसलिए वह अपने पास लठैत भी रखता था, ताकि मौका पड़ने पर उनकी मदद ली जा सके। ठेकेदार ने गुस्से में कहा, "हाँ, बस तीस रुपए निकालो और अपना रास्ता पकड़ो।"

ठाकुर को तो चोरी किए हुए पैसों पर बड़ा घमंड था। वह अपनी मूँछों पर हाथ फेरकर बोला, "लो यार! मेरे जैसा मोटा ग्राहक तो तुम्हारी दुकान पर मुश्किल से ही आता होगा। तुमने तो सिर्फ तीस रुपल्ली का ही खिलाया। कम-से-कम पचास रुपए का तो हिसाब बनाते।"

इतना कहकर जैसे ही ठाकुर ने जेब में हाथ डाला तो वह दंग रह गया। उसकी जेब से पैसे गायब थे। उसने घबराकर जल्दी से सारी जेबें टटोल डालीं, लेकिन कहीं भी रुपए नहीं मिले। अब तो ठाकुर का सारा नशा एक मिनट में ही उतर गया। वह गिड़गिड़ाते हुए बोला, "भाई! रुपए

तो चोरी हो गए। मेरी जेब से डेढ़ सौ रुपए किसी ने निकाल लिये।''

ठेकेदार शराबी की बात पर विश्वास करनेवाला नहीं था। गरजकर बोला, ''देख बे! यहाँ तेरी चालाकी नहीं चलेगी। सीधी तरह से पैसे निकाल दे, वरना इतनी मार पड़ेगी कि जिंदगी भर नहीं भूल पाएगा।''

नशे के कारण ठाकुर की जबान काबू में नहीं थी। वह आँखें दिखाकर बोला, ''तुम्हारे बदमाशों ने मेरी जेब से डेढ़ सौ रुपए निकाले हैं। चुपचाप मेरे पैसे वापस कर दो, वरना तुम्हें जिंदा नहीं छोड़ूँगा।''

ठेकेदार ने क्रोधित होकर ठाकुर के गाल पर एक जोरदार थप्पड़ रसीद कर दिया। इसके बाद तो ठाकुर की लात-घूसों से इतनी पिटाई की कि उसका सारा नशा उतर गया। पुलिस ने मौके पर ही ठाकुर को पकड़ लिया और थाने ले गई।

एक ओर हनुमान शाम को मंदिर में हनुमान की पूजा कर रहा था, दूसरी तरफ दरोगा ठाकुर की पिटाई कर रहा था। ठाकुर दरोगा की पिटाई से तड़पकर कह रहा था, ''साहब, माफ कर दो। अब कोई गलत काम नहीं करूँगा। बुराई का फल हमेशा बुरा ही होता है।''

इस प्रकार जो दूसरों के लिए गड्ढा खोदते हैं, वे स्वयं ही उसमें गिरते हैं। इसलिए मनुष्य को बुराई से दूर रहना चाहिए।

किस्मत का खजाना

एक गाँव में भोला नाम का एक किसान रहता था। वह सीधा-सादा, ईमानदार और धार्मिक विचारों का था। वह सुख-दुःख में हमेशा ही दूसरों की सहायता करता था। वह सुबह से लेकर शाम तक अपने खेतों में काम करता और जो कुछ भी मिलता, उसी में अपना गुजारा करता था।

उसी गाँव में चतुरसेन नाम का दूसरा किसान भी था, जो झगड़ालू, बेईमान और निर्दयी था। दूसरों को सुखी देखकर उसे बड़ी ईर्ष्या होती थी। मुसीबत में दूसरों की सहायता करना तो दूर, वह किसी से प्यार से बातें भी नहीं करता था। चतुरसेन इतना स्वार्थी था कि लोग उससे नफरत करते थे।

एक दिन भोला खेतों पर जा रहा था कि उसकी मुलाकात चतुरसेन से हो गई। भोला की फसल नष्ट हो जाने के कारण वह बहुत दुःखी था। यह जानते हुए भी चतुरसेन हँसकर बोला, "देख भोला! गाँव में किसी की फसल अच्छी हो या खराब, उससे मुझे कुछ फर्क नहीं पड़ता। मेरी सालाना आय तो उतनी ही रहेगी, क्योंकि मैंने जो गाँववालों को अनाज उधार दे रखा है, उसे ब्याज सहित वसूल कर लूँगा। जो अनाज नहीं देगा, उससे रुपया वसूल करूँगा।"

चतुरसेन की बातें सुनकर तो भोला और भी दुःखी हो गया और लंबी साँस छोड़कर बोला, "आदमी का गरीब या अमीर होना उसकी किस्मत पर निर्भर करता है। भाग्य देवता जिस पर प्रसन्न होते हैं, उसकी सब दरिद्रता

मिट जाती है और भाग्य देवता जिसका साथ नहीं देते, उसकी कोई मदद नहीं कर सकता। अपनी इच्छा से तो कोई भी कर्ज नहीं लेता।''

विचित्र बात यह थी कि एक रात को भोला और चतुरसेन को एक जैसे स्वप्न दिखाई दिए। चतुरसेन ने स्वप्न में देखा कि भाग्य देवता धरती से निकलकर उसके चारों ओर चक्कर काट रहे हैं, जबकि भोला ने देखा कि भाग्य देवता स्वप्न में उसके ऊपर आसमान से टपक रहे हैं। भोला भाग्य पर नहीं, कर्म पर विश्वास करता था।

एक दिन भोला खेतों में काम कर रहा था कि उसकी कुदाल पीतल के एक घड़े से टकरा गई। भोला ने जल्दी से मिट्टी हटाकर देखा तो घड़ा सोने के सिक्कों से पूरी तरह भरा हुआ था। भोला ने मन-ही-मन कहा कि यह धन अवश्य ही चतुरसेन का है, क्योंकि भाग्य देवता धरती से निकलकर उस पर प्रसन्न हो गए हैं और उसका स्वप्न सच हुआ है।

भोला वास्तव में ही भोला था। चालाकी या हेराफेरी करना उसका स्वभाव नहीं था। भोला चतुरसेन के घर जाकर बोला, "मेरे खेत में सोने के सिक्कों से भरा घड़ा निकला है। मुझे विश्वास है कि भाग्य देवता तुम्हारे लिए खेत से उत्पन्न हुए हैं। जाओ, और भाग्य देवता का प्रसाद ग्रहण करो।" इतना कहकर भोला अपने घर चला गया।

चतुरसेन जल्दी से भोला के खेत पर गया और सोने के सिक्कों से भरे घड़े को देखकर दंग रह गया। चतुरसेन ने घड़े को मस्तक से लगाकर कहा, "भोला! तू बड़ा मूर्ख है, जो सोने के सिक्कों से भरे घड़े को भी न ले सका। खैर, कोई बात नहीं। जौहरी ही हीरे की कद्र करना जानता है। मूर्ख भोला हीरे की कद्र क्या जाने?"

चतुरसेन जल्दी से सोने के सिक्कों को देखना चाहता था। उसने जैसे ही घड़े का ढक्कन खोलकर देखा तो वह घबरा गया। घड़े के अंदर से साँप और बिच्छू निकलकर उसके चारों ओर चक्कर काटने लगे और फिर धीरे-धीरे उसी घड़े में समा गए। चतुरसेन ने सोचा कि यह अवश्य ही भोला का काम है। उसने मुझे मार डालने के लिए यह षड्यंत्र रचा है। मैं भी अब इस घड़े का ढक्कन बंद करके इसे भोला के घर में फेंक दूँगा। साँप और बिच्छू भोला को नोंचकर खा जाएँगे।

मन में निश्चय करके चतुरसेन उस घड़े को ले आया और आधी रात के

समय भोला की छत पर चढ़कर उसे आँगन में फेंक दिया और तेजी से अपने घर लौट आया। धमाके की आवाज सुनकर भोला घबराकर नींद से जाग गया और जब उसने चारों तरफ देखा तो वह आश्चर्यचकित रह गया। उसके आँगन में पीतल का घड़ा एक ओर पड़ा था और चारों तरफ सोने के सिक्के बिखरे पड़े थे। यह दृश्य देखकर भोला की आँखों से खुशी के आँसू बहने लगे और वह हाथ जोड़कर बोला, "भाग्य देवता, आप सचमुच दयालु हैं। आज मेरा स्वप्न पूरा हुआ। आपकी कृपा से अब मैं दूसरों की सहायता भी कर सकता हूँ।"

भोला और उसकी पत्नी ने सोने के सिक्के घड़े में भरकर उसे कमरे में रख दिया। धन मिलने के कारण उनकी आँखों में नींद नहीं थी। दोनों सारी रात यही सोचते रहे कि इस धन को गाँववालों के सुख के लिए कहाँ खर्च करें।

दूसरे दिन सुबह चतुरसेन भोला के घर यह देखने गया कि शायद भोला मृत्यु की घड़ियाँ गिन रहा होगा। लेकिन जब उसने भोला को सही-सलामत देखा तो उसे बहुत क्रोध आया। भोला बार-बार यही कह रहा था, "भाग्य देवता सचमुच बड़े दयालु हैं। उन्हीं की कृपा से आज मैं भी धनवान बन गया हूँ।"

इस प्रकार भोला ने सारा धन परोपकार के कार्यों में ही खर्च किया। फसल अच्छी होने के कारण उसका धन दिन-प्रतिदिन बढ़ने लगा। चारों तरफ भोला का यशगान होता था। भाग्य देवता की कृपा से भोला के दिन फिर गए। अब उसे किसी प्रकार का दुःख नहीं था।

साधु और चोर

एक जंगल में चार साधु रहते थे। वे भगवान् के भजन-ध्यान में लगे रहते थे। उन साधुओं को देखकर राजा ने अपने मन में सोचा कि वह भी अपने पुत्र को संत बनाए। राजा की बात सुनकर रानी बोली, "महाराज! जो संत बनना चाहता है, वही संत बन सकता है। आपके और मेरे कहने से तो वह संत बन नहीं सकता। यदि आप उसे सचमुच संत ही बनाना चाहते हैं तो जंगल में चार अच्छे संत हैं, उसे उन्हीं के पास भेज दीजिए।"

राजा-रानी की इन बातों को एक चोर ने सुन लिया और अपने मन में सोचने लगा, 'चोरी करने से यदि मैं पकड़ा गया तो मुझे जेल में सड़ना पड़ेगा। यदि मैं साधु बन गया तो राजा के पुत्र को शिष्य बना लूँगा और मुझे धन-दौलत की कोई कमी नहीं रहेगी।'

दूसरे दिन सुबह चोर गेरुए वस्त्र पहनकर उन साधुओं में से पहले के पास जाकर बोला, "महाराज! कल्याण करने का कोई उपाय बता दीजिए।"

साधु बोला, "भाई! किसी का दिल मत दुखाओ, यह दिल खुदा का नूर है।"

चोर ने दूसरे साधु के पास जाकर कल्याण करने का उपाय पूछा तो

उसने कहा, ''हमेशा सत्य बोलो, झूठ कभी मत बोलो। जैसा देखो, जैसा सुनो, वैसा ही कह दो।''

तीसरे साधू ने कल्याण का उपाय बताते हुए कहा, ''रात-दिन राम का नाम जपते रहो। तुम्हारा कल्याण हो जाएगा। इसके अलावा तुम्हें और कुछ करने की आवश्यकता नहीं है।''

इसके बाद चौथे साधु ने चोर से कहा, ''भगवान् की शरण में चले

जाओ और मन में यह अटल विश्वास कर लो कि हम भगवान् के बंदे हैं, इसके अलावा तुम्हें कुछ करने की आवश्यकता नहीं है।''

उस चोर ने चारों साधुओं से एक-एक बात सीख ली और आगे जाकर बैठ गया। अब राजा बारी-बारी से चारों साधुओं के पास गए और कल्याण करने का उपाय पूछने लगे। चारों साधुओं ने राजा को कल्याण करने का एक-एक उपाय बता दिया। अब राजा पाँचवें साधु वेशधारी चोर के पास गए। चोर चुपचाप ध्यान में बैठा रहा। राजा के पूछने पर भी कुछ नहीं बोला। राजा के बार-बार प्रार्थना करने पर वह चोर कहने लगा, ''मैं जैसा कहूँगा क्या तुम वैसा करोगे?'' राजा के आश्वासन पर वह चोर बोला, ''किसी का दिल मत दुखाओ, हमेशा सत्य का पालन करो, रात-दिन भगवान् के नाम का जाप करो और भगवान् की शरण में चले जाओ। संत की जैसी आज्ञा हो वैसा ही कार्य करना। इसके अलावा कुछ करने की जरूरत नहीं है।''

राजा बहुत सीधे-सादे स्वभाव का था। उन्हें संतों की पहचान करनी नहीं आती थी। राजा ने अपने मन में सोचा कि यह संत सबसे ऊँचे हैं। इन्होंने ही मुझे पाँच बातें बताईं, लेकिन बाकी सब तो एक बात बताकर ही चुप हो गए।

राजा जैसे ही अपने महल में आए तो चोर भी दरवाजे के पीछे आकर छिप गया और राजा-रानी की बातें सुनने लगा। रानी के पूछने पर राजा ने कहा, ''मैं साधुओं से मिलने गया था। मैं तो चार संत ही समझता था, लेकिन वहाँ जाने पर पता चला कि पाँच संत हैं। पाँचवें संत सबसे ऊँचे हैं, क्योंकि उन्होंने चारों संतों की कही बातें बताने के साथ यह भी कहा

कि संतों की आज्ञा का पालन करना चाहिए। इसलिए हमें पाँचवें संत के पास अपने पुत्र को भेज देना चाहिए।''

राजा-रानी दोनों ही सरल स्वभाव के थे। उन्होंने चोर की कही हुई बात पर विश्वास कर लिया। राजा के श्रद्धा और विश्वास को देखकर चोर ने मन में सोचा–'मेरे नकली साधु होने पर भी राजा ने इतना विश्वास किया है, यदि मैं सत्य बात कहूँगा तो मुझे किसी चीज की आवश्यकता नहीं रहेगी।'

राजा के सद्व्यवहार के कारण उस चोर का हृदय बदल गया। अब वह चोर सच्चा साधु बन गया और उसने मन में निश्चय कर लिया कि उन साधुओं द्वारा कही गई बात का हमेशा पालन करूँगा और पाँचवीं बात का पालन करने के लिए मुझे भगवत् प्राप्त संत चाहिए, जिसकी आज्ञा का पालन कर सकूँ। चोर सच्चे संत को खोजने में लग गया।

चोर तो स्वभाव से ही चालाक था। वह बिना सोचे-समझे किसी पर भी विश्वास नहीं करता था। चोर कई साधुओं के पास गया, लेकिन उसने किसी पर भी विश्वास नहीं किया। उसे एक सच्चे संत की तलाश थी।

चोर ने मन में निश्चय कर लिया कि जिस पर मुझे विश्वास होगा और जिसकी ओर चित्त खिंचा चला जाएगा, उसे ही गुरु बनाऊँगा। चोर की सच्ची लगन को देखकर भगवान् संत के रूप में उसके सामने आ गए। भगवान् को देखकर चोर पर ऐसा असर हुआ कि वह उनके चरणों में गिरकर बोला, ''महाराज! मुझे अपनी शरण में लेकर शिक्षा प्रदान कीजिए। मैं वही करूँगा जो आप कहेंगे। हमेशा आपकी आज्ञा का पालन करूँगा।''

चोर की बात सुनकर संत के रूप में भगवान् बोले, ''जो किसी का

दिल नहीं दुखाता, सत्य बोलता है, राम नाम का जाप करता है, जो भगवान् की शरण में है, ऐसे चार व्यक्तियों के सिर काटकर लाओ। इसके बाद हम तुम्हें एक मंत्र की शिक्षा देंगे।''

चोर ने सोचा कि ऐसे चार लोग तो मुझे एक स्थान पर ही मिल जाएँगे। मुझे कहीं दूर भी नहीं जाना पड़ेगा और मेरा काम आसानी से हो जाएगा। इसलिए वह तलवार लेकर भागने लगा। लेकिन दूसरे ही पल वह सोचने लगा कि मैंने किसी का दिल न दुखाने का प्रण लिया है, लेकिन मैं तो गला काटने का पाप करने जा रहा हूँ। यह काम मैं नहीं कर सकता। चोर का विचार बदल गया और वह भगवान् के चरणों में गिरकर बोला, ''प्रभु! मेरे एक सिर में ही चारों बातें मौजूद हैं, इसलिए मैं आपको अपना सिर ही काटकर देता हूँ।''

चोर की बात सुनकर भगवान् बहुत प्रसन्न हुए और बोले, ''तुम्हें किसी का भी सिर काटने की जरूरत नहीं है। मैं तुमसे बहुत खुश हूँ। मेरा आशीर्वाद है कि तुम बहुत अच्छे संत बनो।'' इतना कहकर भगवान् ने चोर को एक मंत्र की शिक्षा दी, जिसके प्रभाव से वह बहुत बड़ा संत बन गया।

अपनी होशियारी से पाँच बातें धारण करने से चोर को भगवान् मिल गए, जिनके प्रताप से वह सच्चा संत बनने में सफल रहा।

असली गहना

एक नगर में चक्रवेण नाम के एक राजा थे। वे बहुत ही धार्मिक प्रवृत्ति के थे। राजा और रानी मिलकर खेती का काम करते। खेती से जो कुछ भी धन लाभ होता, उसी से जीवन निर्वाह करते थे। प्रजा से कर के रूप में जो भी धन प्राप्त होता था, उसे प्रजा की भलाई के कामों में ही लगाते थे। राजा होने के बाद भी साधारण वस्त्र पहनते और साधारण भोजन करते थे।

एक दिन नगर में एक सामूहिक समारोह का आयोजन किया गया। नगर के साधारण परिवार की औरतें भी सुंदर वस्त्रों और हीरे-पन्नों से जड़े सोने के गहने पहनकर समारोह में आईं। लेकिन रानी ने कोई भी आभूषण नहीं पहन रखा था। रानी जब समारोह में बिना आभूषण के गई तो उन्हें बहुत लज्जित होना पड़ा। रानी ने लौटकर राजा से कहा, "हमारी प्रजा की साधारण स्त्रियाँ तो वस्त्राभूषणों से सज-धजकर रहती हैं और हमारे पास कुछ भी नहीं। हम उनके मालिक हैं और हमारी ऐसी दशा पर मुझे दुःख होता है।" रानी की बात सुनकर राजा बोले, "देखो! प्रजा से आया धन हम अपने काम में नहीं लाते और जो खेती से कमाई होती है, वह तो घर में खर्च हो जाती है। तुम धीरज रखो, हम तुम्हारे लिए गहनों का प्रबंध जरूर कर देंगे।"

दूसरे दिन चक्रवेण ने अपने एक आदमी को लंकाधिपति रावण के पास भेजकर कहलवा दिया कि चक्रवेण ने कर माँगा है। कर के रूप में सोना माँगने की बात पर रावण जोर-जोर से हँसकर बोला, "आज भी संसार में

ऐसे मूर्ख लोग हैं जो रावण से कर माँगने की हिम्मत रखते हैं। चक्रवेण की मति मारी गई है जो मुझसे कर माँगता है।'' रावण ने चक्रवेण के भेजे हुए आदमी का अपमान करके उसे भगा दिया।

रात को जब रावण मंदोदरी से मिला तो बोला, ''इस संसार में मूर्ख लोगों की कमी नहीं है। उस चक्रवेण को ही देख लो। वह तो मुझसे कर के रूप में सोना माँग रहा है। मैं तो रावण हूँ, रावण कभी कर नहीं देता।''

रावण की बात सुनकर मंदोदरी बोली, ''महाराज! मेरी आपसे प्रार्थना है कि आप उसे कर जरूर दे दीजिए वरना अच्छा नहीं होगा।''

रावण की पत्नी एक पतिव्रता स्त्री थी। वह अपने पातिव्रत धर्म के कारण रावण से भी अधिक जानती थी।

सुबह उठकर मंदोदरी नित्य कबूतरों को छत पर दाना डालती थी। दूसरे

दिन स्नान आदि से निवृत्त होकर जब रावण बाहर जाने लगा तो मंदोदरी बोली कि महाराज आप कुछ देर और रुक जाइए। इतना कहकर मंदोदरी रावण को छत पर ले गई और कबूतरों को दाना डालने के बाद बोली, "अगर तुमने एक भी दाना चुगा तो तुम्हें महाराज रावण की सौगंध है।" रावण की सौगंध देने का भी कबूतरों पर कोई प्रभाव नहीं पड़ा और वे पहले के समान ही दाना चुगते रहे।

रावण मंदोदरी की बात को समझ नहीं पाया और मंदोदरी से कहने लगा कि पक्षी रावण के प्रताप को क्या जानें? मंदोदरी तो अपनी बात को साबित करना चाहती थी। इसलिए फिर रावण से बोली, "महाराज! अब देखिए", और फिर कबूतरों से बोली, "अगर तुमने एक भी दाना चुगा तो तुम्हें राजा चक्रवेण की दुहाई है।" मंदोदरी की बात सुनते ही कबूतरों ने तुरंत दाना चुगना छोड़ दिया। केवल एक कबूतरी बहरी थी, उसने दाना चुग लिया। कबूतरी का सिर कट गया, क्योंकि उसने मंदोदरी की बात को सुना नहीं था। रावण ने मंदोदरी की बात नहीं मानी और सभा में चला गया।

रावण जैसे ही सभा में पहुँचा तो चक्रवेण का भेजा हुआ वही आदमी फिर आकर कहने लगा, "महाराज! आप कर के रूप में सोना देंगे या नहीं। यदि आप कर नहीं देना चाहते तो मेरे साथ समुद्र के किनारे चलिए।" रावण किसी से नहीं डरता था, इसलिए वह उस आदमी के साथ समुद्र के किनारे चला गया।

समुद्र के किनारे जाकर चक्रवेण के आदमी ने बालू से लंका की आकृति बनाई। लंका के चार दरवाजों के समान ही उसने चार दरवाजे भी बनाए। रावण ने बालू से बनी हुई लंका की उस आकृति की बड़ी प्रशंसा की। चक्रवेण का आदमी अब रावण से बोला, "अब आप मेरी तरफ ध्यान

से देखिए। "महाराज चक्रवेण की दुहाई है" कहकर उसने दरवाजे पर एक हाथ मारा और दरवाजे को गिरा दिया। बालू से बनी लंका का एक दरवाजा गिरने के साथ ही असली लंका का भी एक दरवाजा गिर गया। अब वह आदमी रावण से बोला, "या तो चुपचाप कर दे दीजिए वरना आपकी सारी लंका को यहीं बैठे-बैठे गिरा दूँगा और आप कुछ नहीं कर पाएँगे।"

रावण यह देखकर चक्रवेण के आदमी से बोला, "तुम्हें जितना सोना चाहिए, ले जाओ, पर इस बात को किसी से मत कहना।" इस प्रकार रावण ने उस आदमी को कर के रूप में बहुत सा सोना दे दिया।

कर के रूप में प्राप्त सारे सोने को राजा ने रानी को देते हुए कहा कि तुम इस सोने के बहुत से गहने बनवा लो। यह सोना हमें रावण के यहाँ से कर के रूप में प्राप्त हुआ है। रानी यह सुनकर आश्चर्य में पड़ गई कि रावण ने कर कैसे दे दिया। रानी ने तुरंत कर लानेवाले आदमी को बुलाकर सारी सच्चाई जान ली।

अब रानी अपनी गलती पर बहुत शर्मिंदा थी। वह राजा से क्षमा माँगते हुए बोली, "स्वामी! मेरा असली गहना तो आप हैं। पति के कारण ही गहनों की शोभा होती है। पति के बिना गहनों की कोई शोभा नहीं। जिसके प्रभाव से रावण भी भयभीत हो जाए, उससे बड़ा कोई गहना नहीं हो सकता। मुझे आपके सिवा और कोई गहना नहीं चाहिए।"

इतना कहकर रानी ने सारा सोना रावण को लौटा दिया और कहलवा दिया कि महाराज चक्रवेण रावण का कर स्वीकार नहीं करते।

विलक्षण अतिथि-सत्कार

किसी गाँव में दामोदर नाम का एक गरीब ब्राह्मण रहता था। जैसे ही दामोदर का विवाह हुआ तो उसने अपनी नई-नवेली दुलहन से कहा, "देखो! अब हम दोनों गृहस्थ बन चुके हैं और गृहस्थ का सबसे महत्त्वपूर्ण कर्तव्य है अतिथि-सत्कार करना। तुम इस बात का ध्यान रखना कि हमारे दरवाजे से कोई भी अतिथि भूखा न जाए। चाहे मैं घर में रहूँ या न रहूँ।"

जिस प्रकार ब्रह्मचारी का कर्तव्य आज्ञा पालन करना, वानप्रस्थ का तप करना, संन्यासी का भगवान् का चिंतन करना प्रमुख कर्तव्य है, उसी प्रकार गृहस्थ का प्रमुख कर्तव्य अतिथि-सत्कार होता है। वैसे तो ब्राह्मण दामोदर के घर की आर्थिक स्थिति अच्छी नहीं थी। वे सुबह से शाम तक एक गाँव से दूसरे गाँव में भिक्षा माँगते और अपने परिवार का पालन-पोषण करते थे। कभी-कभी तो पति-पत्नी दोनों को भूखा भी रहना पड़ जाता था। चाहे उनके घर में अन्न का एक दाना भी न हो, लेकिन वे अपने घर से अतिथि को भूखा नहीं जाने देते थे।

भगवान् की लीला बड़ी ही विचित्र है। वे समय-समय पर अपने भक्तों की परीक्षा लेते रहते हैं। एक बार भगवान् साधु का भेष बनाकर

दामोदर के घर आए और बाहर से ही आवाज लगाई, "क्या घर में कोई है?" आवाज सुनकर दामोदर बाहर आया और साधु को प्रणाम किया। साधु ने कहा, "आज मैं तुम्हारे घर भोजन करना चाहता हूँ।" ब्राह्मण ने हाथ जोड़कर कहा, "महाराज! जैसी आपकी इच्छा!" इतना कहकर दामोदर साधु को घर के अंदर ले आया और आसन पर बैठाया।

संयोग से उस दिन ब्राह्मण को भिक्षा में कुछ नहीं

मिला था। वे दोनों स्वयं तो भूखे रह जाते, लेकिन अतिथि को कैसे भूखा रखें? फटे-पुराने कपड़े और बरतन, टूटी चटाई के अलावा घर में कुछ नहीं था, जिसे बेचकर वे साधु को भोजन करा देते। ब्राह्मण ने दुःखी होकर अपनी पत्नी से कहा, ''आज यदि साधु महाराज को भोजन नहीं कराया तो बहुत बड़ा अनर्थ हो जाएगा।'' ब्राह्मणी ने गहरी साँस लेकर कहा, ''स्वामी! आप चिंता क्यों करते हैं? मेरे रहते आज भी इस घर से अतिथि भूखा नहीं जाएगा।''

ब्राह्मणी पड़ोसिन के घर से कैंची माँगकर ले आई और सिर के आधे बाल काटकर उनकी रस्सी बनाकर ब्राह्मण से बोली, ''इसे बाजार में बेच आओ।'' ब्राह्मण बालों की बनी रस्सी को बाजार में बेचकर उन पैसों से दाल-चावल ले आया। ब्राह्मणी ने दाल-चावल बनाकर साधु महाराज को केले के पत्ते पर परोस दिए। साधु ने पेट भरकर खाए। उन्होंने एक दाना भी नहीं छोड़ा। ब्राह्मण और उसकी पत्नी दोनों ही भूखे रह गए।

इसके बाद साधु भोजन करके दोपहर में वहीं पर सो गया। शाम होने पर बोला, ''दामोदर चावल और दाल ही बना लेना और कुछ बनाने की जरूरत नहीं है।'' ब्राह्मणी ने अपने सिर के बचे हुए बाल भी काट लिये और उनकी रस्सी बनाकर ब्राह्मण को बेचने के लिए दे दी। ब्राह्मण फिर बाजार से दाल-चावल ले आया और उन्हें बनाकर साधु को भोजन करा दिया। साधु ने सारे दाल-चावल समाप्त कर दिए। ब्राह्मण और उसकी पत्नी रात को भी भूखे रह गए। इसके बाद साधु बोले, ''दामोदर, हम रात में कहाँ जाएँ, हमारा तो कोई घर नहीं है। हम यहीं पर सो जाएँगे।''

साधु की बात सुनकर ब्राह्मण ने चटाई बिछा दी और उन्हें सोने के लिए कह दिया। साधु के लेटने पर ब्राह्मण और ब्राह्मणी उनके पैर दबाने लगे। जैसे ही महाराज को नींद आई तो उसके थोड़ी देर बाद ही ब्राह्मण और उसकी पत्नी भी सो गए। उन दोनों के सोने के बाद साधु महाराज उठे और उन्हें आशीर्वाद दिया, ''तुम्हारे केश ठीक हो जाएँ, उत्तम वस्त्राभूषण हो जाएँ, घर धन-धान्य से भर जाए।'' साधु महाराज आशीर्वाद देकर अंतर्धान हो गए।

सुबह जैसे ही ब्राह्मणी उठी तो उसने देखा कि उसके सिर पर बाल और शरीर पर सुंदर वस्त्राभूषण हैं। ब्राह्मणी ने जल्दी से ब्राह्मण को जगाया कि देखो, साधु महाराज न जाने कहाँ चले गए! उन दोनों ने घर के अंदर-बाहर सब जगह साधु को खोजा, लेकिन उनका कहीं पता न चला। दोनों पति-पत्नी रोने लगे, ''महाराज! हम मूर्ख हैं, हमने आपको नहीं पहचाना। हमसे कौन सा अपराध हो गया, जो आप हमें बिना बताए चले गए।''

उन्हें रोता हुआ देखकर भगवान् ने साक्षात् दर्शन देकर कहा, ''मैं तुम्हारे भोजन से तृप्त हो चुका हूँ। मेरा आशीर्वाद है कि तुम इसी प्रकार अतिथि-सत्कार करते रहो। अंत समय में तुम्हें स्वर्गलोक की प्राप्ति होगी।''

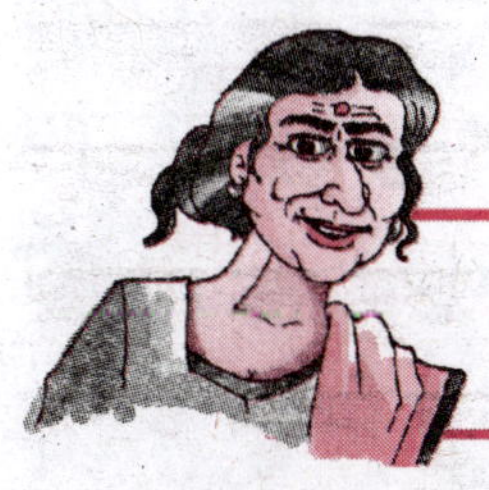

सौ रुपए की एक बात

एक नगर में एक सेठजी रहते थे। वे बहुत ही धार्मिक प्रवृत्ति के व्यक्ति थे। पंडितों और साधु-संन्यासियों पर उन्हें बहुत विश्वास था। एक बार उनके घर एक बहुत बड़े पंडितजी पधारे। सेठ ने पंडितजी का उचित आदर-सत्कार करने के बाद अपने लाभ की कोई बात बताने के लिए कहा। पंडितजी बोले, "देखो सेठजी, बात तो मैं तुम्हें ऐसी बताऊँगा कि जो जीवन में तुम्हारे बहुत काम आएगी, लेकिन मेरी शर्त है कि एक बात बताने के सौ रुपए लूँगा।"

सेठजी के पास धन-दौलत की कमी नहीं थी, इसलिए पंडितजी की बात खुशी से मान ली। पंडितजी ने सेठ को पहली बात बताते हुए कहा, "यदि छोटा आदमी बड़ा हो जाए तो उसे बड़ा ही समझना चाहिए, छोटा नहीं।" सेठ ने एक बात के पंडितजी को सौ रुपए दे दिए और बोले, "कुछ और बताएँ।"

पंडितजी बोले, "दूसरों के दोषों को कभी प्रकट नहीं करना चाहिए, जो काम नौकर से हो जाए, उसको करने में समय नहीं लगाना चाहिए और जहाँ एक बार मन फट जाए वहाँ नहीं रहना चाहिए।" इस प्रकार पंडितजी की चारों बातें सेठ ने अच्छी तरह याद कर लीं और उन्हें घर-दुकान में लिखवा दिया। इस प्रकार चार बातें पूछने के चार सौ रुपए देकर पंडितजी को विदा कर दिया।

समय की गति को कोई नहीं जानता। धीरे-धीरे सेठ को व्यापार में घाटा होने लगा। विवश होकर सेठ ने अपना शहर छोड़ दिया और मुनीम के साथ दूसरे शहर को चल दिए। जब शहर नजदीक आ गया तो सेठ ने मुनीम को खाने-पीने का सामान लाने के लिए भेज दिया।

संयोग से उस शहर के राजा की मृत्यु हो चुकी थी और उसकी कोई संतान भी नहीं थी। मंत्रियों ने निर्णय लिया था कि इस शहर में जो आदमी सबसे पहले प्रवेश करेगा, उसे ही राजा बना दिया जाएगा। मुनीम ने जैसे ही शहर के द्वार में प्रवेश किया तो लोगों ने उसे खुशी से हाथी पर बैठा दिया और नाचते-गाते

उसे राज-सिंहासन पर आसीन कर दिया।

बहुत देर के बाद भी जब मुनीम नहीं लौटा तो सेठ उसे खोजने निकल पड़ा। शहर में पहुँचने पर उसे पता चला कि मुनीम तो इस शहर का राजा बन गया है। सेठ मुनीम से मिलने के लिए राजमहल चला गया। तभी सेठ को पंडित की पहली बात याद आ गई–'यदि छोटा आदमी बड़ा बन जाए, तो उसे बड़ा ही समझना चाहिए, छोटा नहीं।' इसलिए सेठ ने मुनीम बने राजा को हाथ जोड़कर प्रणाम किया। राजा ने सेठ को मंत्री बनाकर अपने पास रख लिया।

वहाँ की रानी के घुड़साल के अध्यक्ष के साथ अनैतिक संबंध थे। सेठ ने एक दिन उन दोनों को एक साथ सोते हुए देख लिया। तभी सेठ को पंडितजी की दूसरी बात 'किसी के दोषों को प्रकट नहीं करना चाहिए' याद आ गई। सेठ ने तुरंत अपनी शॉल ली और रस्सी पर टाँग दी, जिससे उन्हें और कोई न देख सके।

सुबह होने पर जब रानी ने सेठ की शॉल रस्सी पर टँगी देखी तो वह पोल खुलने के डर से बुरी तरह डर गई। क्योंकि रानी जानती थी कि सेठ राजा का मित्र है। इसलिए वह सेठ को फँसाने के लिए कोई उपाय सोचने लगी। रानी सेठ की शॉल लेकर राजा से बोली, "आपके मंत्री की नीयत अच्छी नहीं है। वह बुरी नीयत से मेरे पास आया था, लेकिन मैंने उसको नापाक इरादों में सफल नहीं होने दिया। मेरे चिल्लाने के डर से जब उसने भागने की कोशिश की तो मैंने उसकी शॉल छीन ली।"

इतना कहकर रानी चुप हो गई। राजा ने सेठ की शॉल को पहचान लिया, क्योंकि कुछ समय पहले उसने ही वह शॉल सेठ को दी थी। राजा की मति फिर गई और उसने सच्चाई जाने बिना सेठ को मारने की आज्ञा दे दी।

राजा ने कसाई से कह दिया कि यदि राजमहल से तुम्हारे पास कोई आदमी मांस लेने आए तो उसे खत्म कर देना। इसके बाद राजा ने सेठ से मांस लाने के लिए कहा। सेठ तो मांस को हाथ भी नहीं लगाता था। इस बात को मुनीम बना राजा अच्छी तरह से जानता था। सेठ राजा की चाल को तुरंत समझ गया और उसने मांस लाने के लिए नौकर को भेज दिया। क्योंकि सेठ को पंडित की तीसरी बात 'जो काम नौकर से हो जाए उसे स्वयं करने में समय नहीं लगाना चाहिए' याद आ गई।

जैसे ही नौकर कसाई के पास मांस लेने गया तो कसाई ने नौकर की हत्या कर दी। नौकरों द्वारा जब रानी के अनैतिक संबंधों के विषय में पता चला तो राजा को बहुत पश्चात्ताप हुआ कि उसने ईमानदार सेठ की हत्या करवाई है। कुछ देर बाद जब राजा ने सेठ को जीवित देखा तो उसकी खुशी का ठिकाना नहीं था। राजा ने सेठ से अपनी गलती के लिए क्षमा माँगते हुए पूछा कि यह शॉल रानी के पास कैसे पहुँच गई?

सेठ ने रानी की सच्चाई बताते हुए राजा से कहा कि मैं पंडित की सौ रुपए की एक बात का पालन हमेशा करता हूँ। रानी को घुड़साल के अध्यक्ष के पास लेटा देखकर मुझे पंडित की बात याद आ गई कि दूसरे के दोषों को प्रकट नहीं करना चाहिए। इसलिए मैंने उनका दोष छिपाने के लिए अपनी शॉल रस्सी पर फैला दी। वही शॉल उठाकर रानी ने मुझे ही फँसा दिया।

राजा ने सेठ से पुनः मंत्री पद सँभालने की प्रार्थना की, लेकिन सेठ ने इनकार कर दिया। सेठ को पंडित की चौथी बात 'यदि एक बार मन फट जाए तो वहाँ दोबारा नहीं रहना चाहिए' याद आ गई। राजा के समझाने पर भी सेठ वहाँ नहीं रुका और अपने नगर लौट आया।

भला आदमी

एक सेठ बहुत ही धार्मिक प्रवृत्ति का था। उसने अपने शहर में एक भव्य मंदिर बनवाया और मंदिर में पूजा-पाठ करने के लिए एक पंडित को नौकरी पर रख लिया। मंदिर की देखभाल के लिए बहुत सी जमीन, खेत और बगीचे भी मंदिर के नाम कर दिए। उन्होंने मंदिर में ऐसा प्रबंध किया कि वहाँ से साधु-संत, दीन-दुखी कोई भी भूखा न जाए। सबको भरपेट भोजन मिलता रहे। जो लोग अनाथ हैं या बाहर से मंदिर में आते थे, वे वहाँ पर इच्छानुसार दो-चार दिन ठहर सकें। वास्तव में सेठ उदार और दयालु प्रवृत्ति का था। इसलिए मंदिर की संपत्ति के लिए एक ऐसे ही विश्वासपात्र और भले व्यक्ति की तलाश थी, जो मंदिर के सभी कार्यों की ठीक से देखभाल कर सके।

बहुत से लोग धन के लालच में सेठ के पास आए और नौकरी माँगने लगे। लेकिन सेठ ने सबको वापस लौटा दिया। सेठ का कहना था कि वह भले आदमी को स्वयं ही खोज लेगा। क्योंकि यदि कोई लालची व्यक्ति नौकरी पर रख लिया तो वह मंदिर की सारी संपत्ति हड़प कर जाएगा।

सेठ जब लोगों को नौकरी पर नहीं रखता तो वे सेठ को मन-ही-मन गालियाँ देते, तो कोई पागल और मूर्ख कहकर चला जाता। लेकिन सेठ ऐसे लोगों की बात का जरा भी बुरा नहीं मानता था। सेठ अपने घर की

छत पर बैठ जाता और मंदिर में आने-जाने वाले प्रत्येक व्यक्ति को देखता रहता कि शायद उसे कोई भला आदमी मिल जाए। लेकिन किसी को भी इस बात का पता नहीं था कि सेठ सुबह से शाम तक घर की छत पर क्यों बैठा रहता है।

एक दिन मंदिर में भगवान् के दर्शन करने के लिए एक गरीब व्यक्ति आया। उसके फटे कपड़ों से उसकी आर्थिक स्थिति का साफ पता चल रहा था। वह व्यक्ति अधिक पढ़ा-लिखा

भी नहीं था। भगवान् के दर्शन करने के बाद जब वह व्यक्ति जाने लगा तो सेठ ने उसे अपने पास बुलाकर कहा कि क्या तुम मंदिर की देखभाल करने का काम सँभाल सकते हो?

सेठ की बात सुनकर वह आदमी हैरान होकर बोला, ''सेठजी! आप कैसी बातें करते हैं? मैं अधिक पढ़ा-लिखा नहीं हूँ, जो आपके इतने बड़े मंदिर के प्रबंध कार्यों को सँभाल सकूँ।''

गरीब व्यक्ति की बात सुनकर सेठजी ने उसे समझाया, ''देखो भाई! मुझे मंदिर की देखभाल के लिए एक भला आदमी चाहिए, कोई विद्वान् नहीं। मेरी दृष्टि में तुम भले आदमी हो, इसलिए मैं तुम्हें ही मंदिर का प्रबंधक बनाऊँगा।''

सेठ ने गरीब व्यक्ति से कहा, ''देखो मंदिर के रास्ते में एक ईंट का टुकड़ा गड़ा हुआ था। ईंट का एक कोना ऊपर निकला हुआ था। जिससे ठोकर खाकर रोज कई आदमी गिरते थे और गिरने के बाद उठकर चले जाते थे। लेकिन उस ईंट के टुकड़े को किसी ने भी निकालने की कोशिश नहीं की। तुम ऐसे व्यक्ति हो, जिसने बिना ठोकर लगे ही उस ईंट के टुकड़े को निकालने का निश्चय किया और मेरे नौकर से फावड़ा मँगाकर ईंट के टुकड़े को निकालने के साथ-साथ वहाँ की जमीन भी बराबर कर दी। संसार में ऐसे बहुत कम व्यक्ति होते हैं जो दूसरों के विषय में सोचते हैं। तुमने ईंट को यह सोचकर निकाला कि किसी को गिरने पर चोट न लगे। इसलिए मेरी दृष्टि में तुम एक भले इनसान हो।

सेठ की बात सुनकर गरीब व्यक्ति बोला, ''सेठजी रास्ते में पड़े

कंकड़, काँटे, ईंट, पत्थर को हटा देना तो प्रत्येक व्यक्ति का कर्तव्य है।''

सेठजी गरीब व्यक्ति की बात सुनकर बहुत खुश हुए और बोले, ''अपने कर्तव्य को जानने और उसका पालन करनेवाले लोगों को ही भले आदमी कहते हैं।''

सेठ ने उस आदमी को मंदिर का प्रबंधक बना दिया। इस प्रकार सेठजी की भले आदमी की तलाश पूरी हो गई।

सच्चा लकड़हारा

एक गाँव में मंगल नाम का एक गरीब लकड़हारा रहता था। वह बहुत मेहनती और ईमानदार था। उसके मन में जरा भी लालच नहीं था। वह अपनी कमाई से पूरी तरह संतुष्ट था। सुबह से शाम तक वह जंगल में लकड़ी काटता और लकड़ियों का गट्ठर बनाकर ले आता। दूसरे दिन बाजार में जाकर वह लकड़ियाँ बेचकर आटा, दाल, नमक आदि घर की जरूरत का सामान ले आता। इस प्रकार मंगल की जीविका आराम से चल रही थी।

एक दिन मंगल जंगल में लकड़ियाँ काटने के लिए गया और एक पेड़ की सूखी लकड़ियाँ काटने के लिए पेड़ पर चढ़ गया। मंगल ने जैसे ही कुल्हाड़ी पेड़ की डाल पर मारी तो कुल्हाड़ी उसके हाथ से छूटकर नदी में गिर गई। मंगल जल्दी से पेड़ से उतरकर आया और नदी में कूदकर कुल्हाड़ी खोजने लगा, किंतु उसे कुल्हाड़ी नहीं मिली। अब तो मंगल बहुत दुखी हुआ और रोने लगा। मंगल के पास इतने पैसे नहीं थे कि वह दूसरी कुल्हाड़ी खरीद सके। उसे अपने और अपने परिवार की चिंता सताने लगी। वह बार-बार यह सोच रहा था कि अब वह अपने और अपने परिवार का पालन-पोषण कैसे करेगा?

मंगल को देखकर वन देवता को उस पर दया आ गई। वन देवता एक

बालक का रूप धरकर मंगल से बोले, ''भाई! तुम किस कारण से रो रहे हो?'' मंगल ने उन्हें नमस्कार करके कहा, ''नदी के पानी में मेरी कुल्हाड़ी गिर गई है। अब मैं लकड़ी कैसे काटूँगा? अब अपने परिवार का पेट कैसे भरूँगा? दूसरी कुल्हाड़ी खरीदने के लिए मेरे पास पैसे भी नहीं हैं।''

वन देवता ने मंगल से कहा, ''तुम रोना बंद करो। मैं अभी तुम्हारी कुल्हाड़ी निकालकर लाता

हूँ।'' इतना कहकर वन देवता नदी में कूद गए और सोने की एक सुंदर कुल्हाड़ी लाकर मंगल को देने लगे।

मंगल कुल्हाड़ी को देखकर बोला, ''यह तो सोने की कुल्हाड़ी है। मैं तो बहुत गरीब आदमी हूँ। मेरे पास सोने की कुल्हाड़ी कहाँ से आई। यह कुल्हाड़ी तो मेरी नहीं है।''

देवता दोबारा नदी में कूद गए और एक चाँदी की कुल्हाड़ी लेकर बाहर आए और मंगल से बोले, ''क्या यह कुल्हाड़ी तुम्हारी है?'' मंगल ने रोते हुए कहा, ''मेरा तो भाग्य ही खराब है। आपने मेरे लिए बहुत कष्ट उठाया, परंतु यह चाँदी की कुल्हाड़ी भी मेरी नहीं है। मेरी कुल्हाड़ी तो लोहे की थी।''

देवता तीसरी बार नदी में कूदकर मंगल की लोहे की कुल्हाड़ी निकाल लाए। अपनी लोहे की कुल्हाड़ी देखकर मंगल की आँखों से खुशी के आँसू बहने लगे। मंगल ने वन देवता का धन्यवाद किया और अपनी कुल्हाड़ी ले ली। वन देवता मंगल की सच्चाई और ईमानदारी देखकर बहुत खुश हुए और बोले, ''मंगल, मैं तुम्हारी ईमानदारी से बहुत खुश हूँ। तुम ये दोनों कुल्हाड़ी भी ले लो।''

सोने और चाँदी की कुल्हाड़ी लेकर मंगल की तो किस्मत ही चमक गई। अब मंगल ने लकड़ी काटने का काम बंद कर दिया। जब रघु ने देखा कि मंगल लकड़ी काटने नहीं जाता तो उसने मंगल से पूछा, ''तुम आजकल घर पर ही रहते हो, लकड़ी काटने क्यों नहीं जाते?'' मंगल सीधे स्वभाव का था। उसने रघु को सारी बातें सच-सच बता दीं।

रघु के मन में सोने-चाँदी की कुल्हाड़ी को देखकर लालच आ गया। वह भी नदी के किनारे लकड़ी काटने के लिए चला गया और उसी पेड़ पर लकड़ी काटने लगा तथा अपनी कुल्हाड़ी को जान-बूझकर नदी में गिरा दिया और जोर-जोर से रोने का नाटक करने लगा।

वन देवता सब जानते थे। उन्होंने सोचा कि रघु को लालच का दंड देना आवश्यक है, नहीं तो इसका लालच बढ़ता ही जाएगा। इसलिए वन देवता ने प्रकट होकर रघु के रोने का कारण पूछा और नदी में कूद गए। वन देवता ने तुरंत सोने की कुल्हाड़ी लाकर रघु से पूछा, "क्या यह तुम्हारी है?" रघु सोने की कुल्हाड़ी देखकर खुशी से उछल पड़ा और बोला, "हाँ-हाँ, मेरी कुल्हाड़ी यही है।"

रघु को झूठ बोलता देखकर वन देवता को क्रोध आ गया। बोले, "तू झूठा है, तुझे झूठ बोलने में शर्म नहीं आती। यह सोने की कुल्हाड़ी तेरी नहीं हो सकती।" इतना कहकर वन देवता ने सोने की कुल्हाड़ी नदी में फेंक दी और अंतर्धान हो गए। लालच के कारण रघु ने अपनी पुरानी लोहे की कुल्हाड़ी भी खो दी। इसके बाद रघु रोता हुआ अपने घर लौट आया और अपनी करनी पर पछताने लगा।

मित्र की सलाह

एक गाँव में दुर्गादास नाम का एक किसान रहता था, जो बहुत अमीर था। लेकिन वह परिश्रम करने से जी चुराता था। वह बहुत ही निठल्ला और आलसी हो गया था। वह न तो खेत-खलिहान का ध्यान रखता और न ही अपनी गाय-भैंसों का। वह घर के सामान का भी कोई ध्यान नहीं रखता था। सब कामों को नौकरों के ऊपर छोड़ रखा था और स्वयं आराम से बैठा रहता था। दुर्गादास के आलसी होने के कारण घर की व्यवस्था बिगड़ गई और उसे खेतीबाड़ी में बहुत हानि होने लगी। घी-दूध के व्यापार में भी कोई लाभ नहीं होता था। हानि होने के कारण किसान की आर्थिक स्थिति बिगड़ गई।

एक बार दुर्गादास का मित्र हरिश्चंद्र उससे मिलने आया। घर की हालत देखकर वह समझ गया कि दुर्गादास के आलसी होने के कारण ही वह दरिद्र हो गया है। हरिश्चंद्र सच्चे हृदय से अपने मित्र की भलाई करना चाहता था। वह दुर्गादास से बोला, ''मित्र! तुम्हारी गरीबी को देखकर मुझे बहुत दुःख हो रहा है। यदि तुम चाहो तो मैं तुम्हें गरीबी दूर करने का उपाय बता सकता हूँ।''

अपने मित्र की बात सुनकर दुर्गादास खुश हो गया और गरीबी दूर

करने का उपाय पूछने लगा। हरिश्चंद्र बोला, ''देखो दुर्गादास, मानसरोवर में रहनेवाला हंस पक्षियों के जागने से पहले पृथ्वी पर आता है और दोपहर दिन चढ़ने पर वापस लौट जाता है। वह कब और कहाँ आएगा, इस बात का तो मुझे पता नहीं, लेकिन इतना जरूर जानता हूँ कि जो कोई उसके दर्शन कर लेता है, उसे धन-दौलत की कोई कमी नहीं रहती।''

हरिश्चंद्र गरीबी दूर करने का उपाय बताकर अपने घर चला गया। इसके बाद दुर्गादास ने उस हंस के दर्शन करने का अटल निश्चय कर लिया। दूसरे दिन दुर्गादास सूर्योदय से पहले उठकर हंस की खोज में अपने खेतों की ओर चल दिया। अपने खेत में जाकर दुर्गादास ने देखा कि उसके अनाज के ढेर से अनाज उठाकर कोई आदमी अपने अनाज के ढेर में डाल रहा था। दुर्गादास को देखकर वह शर्मिंदा होकर माफी माँगने लगा।

खेतों से लौटने के बाद दुर्गादास गौशाला में चला गया। वहाँ गाय-भैंसों का दूध निकालनेवाला नौकर दूध निकालकर अपनी पत्नी के लोटे में डाल रहा था। यह देखकर दुर्गादास को बहुत क्रोध आया। उसने नौकर को बहुत डाँटा। इसके बाद दुर्गादास खेतों में गया, तो उसने देखा कि दोपहर होने पर भी मजदूर खेतों में काम करने नहीं आए थे। दुर्गादास के सूर्योदय से पूर्व उठने के कारण उसको लाभ हुआ।

अब तो दुर्गादास ने सुबह उठने, खेतों में जाने और नौकरों पर ध्यान रखने का नियम बना लिया। इस प्रकार वह रोज प्रातःकाल उठकर हंस की खोज में निकल जाता और काम करते मजदूरों पर निगाह रखता। अब नौकरों ने भी काम ठीक से करना शुरू कर दिया। चोरी बंद हो गई और दुर्गादास का स्वास्थ्य भी ठीक रहने लगा।

दुर्गादास यह देखकर हैरान था कि जिस खेत से उसे दस मन अनाज मिलता था, अब पच्चीस मन अनाज मिलने लगा। गौशाला से दुगना दूध, घी घर आने लगा। मजदूर समय पर खेतों में काम करने के लिए आने

लगे। धीरे-धीरे दुर्गादास की आर्थिक स्थिति सुधरने लगी। एक दिन हरिश्चंद्र पुनः दुर्गादास के घर आया। दुर्गादास ने अपने मित्र से कहा, ''भाई हरिश्चंद्र! सफेद हंस तो मुझे अब तक नहीं मिला, लेकिन उसकी खोज में सुबह उठने से मुझे लाभ अवश्य हुआ है।''

हरिश्चंद्र ने हँसकर कहा, ''परिश्रम करना ही सफेद हंस है। परिश्रम के पंख हमेशा उजले होते हैं। जो अपना काम स्वयं न करके नौकरों पर छोड़ देते हैं, उन्हें हमेशा हानि उठानी पड़ती है। जो स्वयं परिश्रम करते हैं और नौकरों पर ध्यान रखते हैं, उन्हें संपत्ति के साथ-साथ सम्मान भी मिलता है।

स्वर्ग के दर्शन

नारायण एक सीधा-सादा लड़का था। वह रोज रात को सोने से पहले अपनी दादी से कहानी सुना करता था। नारायण की दादी उसे पाताल, नागलोक, गंधर्वलोक, चंद्रलोक, सूर्यलोक, स्वर्गलोक की कहानियाँ सुनाती थीं। एक दिन नारायण अपनी दादी से स्वर्गलोक की कहानी सुनकर स्वर्गलोक देखने की जिद करने लगा।

नारायण की दादी ने उसे बहुत समझाया कि मनुष्य जीते जी स्वर्ग नहीं देख सकता। किंतु नारायण नहीं माना और रोने लगा। नारायण को रोते-रोते ही नींद आ गई। नारायण ने स्वप्न में देखा कि सफेद कपड़े पहने कोई देवता उसके पास खड़े होकर कह रहे हैं, "बच्चे! स्वर्ग देखने के लिए मूल्य देना पड़ता है। जैसे सर्कस देखने के लिए टिकट के पैसे देने पड़ते हैं, उसी प्रकार स्वर्ग देखने के लिए भी रुपए देने पड़ते हैं।"

स्वप्न में नारायण ने निश्चय कर लिया कि वह सुबह उठकर अपनी दादी से पैसे जरूर लेगा। लेकिन देवता ने नारायण को समझाया, "स्वर्ग में रुपए नहीं चलते। स्वर्ग में तो भलाई और पुण्य कर्मों का रुपया चलता है।" देवता ने नारायण को एक डिबिया देते हुए कहा, "जब तुम कोई अच्छा काम करोगे तो इस डिबिया में एक रुपया आ जाएगा। जब कोई बुरा काम करोगे तो इस डिबिया में से एक रुपया उड़ जाएगा। जब तुम

इस डिबिया को भर लोगे तो तुम स्वर्ग देख सकते हो।''

सुबह जब नारायण सोकर उठा तो उसके तकिये के नीचे सचमुच एक डिबिया मिली। डिबिया लेकर नारायण की खुशी का ठिकाना नहीं था। तभी नारायण की दादी ने उसे एक रुपया दे दिया और वह खुशी-खुशी रुपया लेकर बाजार चला गया। रास्ते में उसने एक भिखारी को देखा। नारायण भिखारी को अपना रुपया देना नहीं चाहता था, लेकिन प्रशंसा प्राप्त करने के इरादे से उसने वह रुपया भिखारी को

दे दिया। क्योंकि नारायण ने अपने अध्यापक को आते हुए देख लिया था। नारायण जानता था कि गुरुजी उदार और दयालु छात्रों की कक्षा में बहुत प्रशंसा करते थे। नारायण खुश इसलिए था कि कल गुरुजी कक्षा में उसकी भी प्रशंसा करेंगे।

अब नारायण ने घर आकर अपनी डिबिया खोलकर देखी तो उसमें कुछ भी नहीं था। अब तो वह बहुत रोया और रोते-रोते ही सो गया। सपने में वही देवता आए और बोले, ''अब क्यों रोते हो? तुम्हें प्रशंसा तो मिल गई। तुमने प्रशंसा पाने के लिए ही तो रुपया दिया था। लाभ पाने की आशा से किया गया काम तो व्यापार कहलाता है, उसे पुण्य नहीं कहते।''

दूसरे दिन नारायण की दादी ने उसे चार आने दिए। पैसे लेकर वह बाजार गया और दो संतरे खरीद लिये। वह संतरे लेकर अपने बीमार दोस्त मोतीलाल को देखने उसके घर चला गया। मोतीलाल के घर वैद्यजी उसे देखने के लिए आए हुए थे। जब वैद्यजी ने दवा के साथ संतरे का रस देने के लिए कहा तो मोतीलाल की माँ रोने लगी। यह देखकर नारायण को बहुत दुःख हुआ, उसने दोनों संतरे मोतीलाल की माँ को दे दिए। क्योंकि मोतीलाल की माँ रो-रोकर वैद्यजी से कह रही थीं, ''मैं मजदूरी करके पेट भरती हूँ। इसकी बीमारी के कारण मैं कई दिन से तो काम पर भी नहीं गई। मेरे पास संतरे खरीदने के लिए पैसे नहीं हैं।''

संतरे लेकर मोतीलाल की माँ ने नारायण को बहुत आशीर्वाद दिए। घर जाकर नारायण ने देखा कि उसकी डिबिया में दो रुपए थे। अब तो

नारायण बहुत खुश हुआ। एक दिन नारायण खेल रहा था कि उसकी छोटी बहन वहाँ पर आ गई, उसके खिलौने लेने लगी। खिलौना देना तो दूर, नारायण ने उसे बुरी तरह पीट दिया। अब तो नारायण की डिबिया में से कई रुपए उड़ गए। यह देखकर नारायण को बहुत दु:ख हुआ। अब उसने कभी बुरे काम न करने की शपथ ली।

बुरे काम करनेवाले मनुष्य का स्वभाव बुरा और अच्छा काम करने वाले का स्वभाव अच्छा हो जाता है। पहले

रुपए के लालच में अच्छे काम करनेवाले नारायण का स्वभाव धीरे-धीरे अच्छा हो गया। अब वह अच्छे काम ही करता था, जिससे उसकी डिबिया रुपयों से भर गई। डिबिया भर जाने से उसके दिल में स्वर्ग देखने की इच्छा जाग्रत् हो गई।

एक दिन नारायण डिबिया लेकर बगीचे में आया तो उसने देखा कि एक बूढ़ा साधु पेड़ के नीचे बैठा रो रहा था। नारायण

दौड़कर उस साधु के पास जाकर बोला, "बाबा, आप क्यों रो रहे हैं?" साधु ने कहा, "तुम्हारे जैसी ही एक डिबिया मेरे पास थी, लेकिन नदी में स्नान करते समय वह गिर गई। मैंने अच्छे काम करके बड़ी मुश्किल से उस डिबिया को भरा था कि स्वर्ग देखूँगा, किंतु मुझे लगता है कि मेरे भाग्य में स्वर्ग देखना ही नहीं है।"

नारायण ने साधु से कहा, "बाबा, मेरी डिबिया रुपयों से भरी हुई है। आप इसे ले लो। मैं अभी छोटा हूँ, मुझे अभी इस संसार में बहुत दिन जीना है। मैं तो कई डिबिया रुपयों से भर सकता हूँ, लेकिन आप बूढ़े हो चुके हैं, इसलिए इस डिबिया को आप ले लीजिए।"

साधु ने नारायण से डिबिया लेकर उसकी आँखें अपने हाथ से बंद कर दीं। अब तो नारायण को स्वर्ग दिखाई देने लगा। वह स्वर्ग बहुत ही सुंदर था। नारायण ने जैसे ही अपनी आँखें खोलीं तो स्वप्न में दिखाई देनेवाले देवता उसके सामने खड़े थे। देवता ने नारायण से कहा, "पुत्र! स्वर्ग में वही लोग रहते हैं जो अच्छा काम करते हैं। तुम यदि इसी प्रकार दूसरों की भलाई करते रहे, तो एक दिन अवश्य ही स्वर्ग को प्राप्त कर लोगे।" इतना कहकर देवता अदृश्य हो गए। नारायण दूसरों की भलाई के कार्यों में लग गया।

सबसे बड़ा पुण्यात्मा

संस्कृत विद्या का केंद्र होने के कारण काशी प्राचीन काल से ही बहुत प्रसिद्ध रही है। काशी को भगवान् विश्वनाथ की नगरी भी कहा जाता है। क्योंकि काशी में विश्वनाथ भगवान् का बहुत पुराना मंदिर है। एक दिन भगवान् विश्वनाथ ने मंदिर के पुजारी से स्वप्न में आकर विद्वानों और धर्मात्मा लोगों की सभा बुलाने का आदेश दिया। पंडितजी भगवान् में बहुत ही भक्ति रखते थे। उन्होंने सुबह पूरे नगर में सभा की घोषणा करा दी।

दूसरे दिन नियत समय पर काशी के विद्वान्, साधु और धर्मात्मा लोग गंगा में स्नान करके मंदिर में इकट्ठा होने लगे। विश्वनाथ भगवान् को जल चढ़ाकर और प्रदक्षिणा करने के बाद सभी मंडप में बैठने लगे। देखते-ही-देखते पूरा सभा-मंडप श्रद्धालुओं से खचाखच भर गया। पंडितजी ने मंदिर में उपस्थित भक्तों को जब अपना स्वप्न बताया तो सभी हर-हर महादेव का घोष करके भगवान् शंकर की प्रार्थना करने लगे।

पुजारी ने भक्तों के साथ मिलकर आरती की, तो मंदिर में एक अलौकिक प्रकाश देखकर सभी आश्चर्यचकित हो गए। बड़े-बड़े रत्नों से जड़ा हुआ एक सोने का पत्र भगवान् विश्वनाथ की मूर्ति के पास पड़ा हुआ था। उस पत्र को पुजारीजी ने उठा लिया और पढ़ने लगे। उस पर लिखा था—"पुण्यात्मा और सबसे बड़े दयालु व्यक्ति के लिए यह

विश्वनाथजी का उपहार है।''

पुजारीजी बहुत ही त्यागी और भगवान् के सच्चे भक्त थे। उन्होंने वह पत्र सभा में उपस्थित भक्तजनों को दिखाकर कहा, ''इस मंदिर में प्रत्येक सोमवार को विद्वानों की सभा का आयोजन किया जाता है। जो अपने आपको सबसे बड़ा दयालु और पुण्यात्मा सिद्ध कर देगा, उसी को यह स्वर्ण-पत्र उपहार के रूप में दे दिया जाएगा।''

स्वर्ण–पत्र का यह समाचार शीघ्र ही पूरे देश में फैल गया। बड़े–बड़े त्यागी, तपस्वी, व्रत धारण करनेवाले, दानी लोग काशी में जमा होने लगे, ताकि उस स्वर्ण–पत्र को प्राप्त कर सकें। एक ब्राह्मण महाशय ने तो स्वर्ण–पत्र लेने के लिए चंद्रायण व्रत भी रखा। लेकिन जब वे उस स्वर्ण–पत्र को लेने आए तो उनके छूते ही वह स्वर्ण–पत्र मिट्‌टी का हो गया। शर्मिंदा होकर उन ब्राह्मण महाशय ने पत्र को फिर से पुजारीजी के हाथ में दे दिया। पुजारी के हाथ में आते ही पत्र पर लगे हीरे फिर से चमकने लगे।

एक सज्जन ऐसे भी थे, जिन्होंने अनेक स्कूल, सेवाश्रम, धर्मशाला आदि का निर्माण कराया था। दान करने के कारण उनकी तिजोरी लगभग खाली हो चुकी थी। बहुत सी संस्थाओं में दान देने के कारण उनका नाम प्रायः अखबारों में भी छपता रहता था। लेकिन उन्होंने भी जब स्वर्ण–पत्र को छुआ तो वह फिर मिट्‌टी का हो गया। पुजारीजी उन सज्जन से बोले, "आप पद, मान, यश के लालच से दान करते हैं। किसी भी इच्छा से किए गए दान को सच्चा दान नहीं कहते।"

स्वर्ण–पत्र को लेने की इच्छा से बहुत से लोगों ने उस स्वर्ग–पत्र को छुआ, किंतु वह सबके हाथ में जाने पर मिट्‌टी का हो जाता था। इसलिए उस स्वर्ण–पत्र को कोई भी प्राप्त नहीं कर सका। बहुत से लोग तो स्वर्ण–पत्र को पाने के लालच में विश्वनाथ के मंदिर के सामने ही दान करते थे। लेकिन कोई भी उस स्वर्ण–पत्र को प्राप्त नहीं कर सका। इसी प्रकार कई महीने बीत गए।

एक दिन एक बूढ़ा किसान विश्वनाथ भगवान् के दर्शन के लिए

आया। किसान बहुत गरीब था। उसके कपड़े फटे हुए थे। उसके पास एक कपड़े में सत्तू बँधा हुआ था और कंधे पर फटा हुआ कंबल था। कुछ धनी लोग मंदिर के बाहर कपड़े और मिठाइयाँ बाँट रहे थे। वहीं पर एक कोढ़ी पड़ा कराह रहा था। उसके घावों से खून बह रहा था। वह दर्द के मारे उठ भी नहीं पा रहा था। प्रसाद देना तो दूर, किसी ने उसकी तरफ देखा भी नहीं। उस कोढ़ी को देखकर किसान को दया आ गई। किसान ने कोढ़ी को खाने के लिए सत्तू दिया और अपना कंबल ओढा दिया। इसके बाद वह किसान मंदिर में भगवान् के दर्शन करने चला गया।

पुजारीजी का यह नियम था कि सोमवार के दिन जितने भी भक्त भगवान् के दर्शन करने आते थे, सभी के हाथ में वह स्वर्ण-पत्र दिया जाता था। पुजारी ने वह स्वर्ण-पत्र किसान के हाथ में दिया तो उस पत्र में जड़े हीरे दुगनी कांति से चमकने लगे। यह देखकर सभी आश्चर्यचकित रह गए।

पुजारी ने उस स्वर्ण-पत्र को किसान को देते हुए कहा, "जिसके मन में लालच नहीं है, दीनों पर दया करता है, निस्स्वार्थ भाव से दान करता है, दुखियों की सेवा करता है, वही सबसे बड़ा पुण्यात्मा है।"

मंदिर में उपस्थित सभी लोगों ने बूढ़े किसान की बहुत प्रशंसा की। इसके बाद किसान स्वर्ण-पत्र को लेकर खुशी-खुशी अपने घर लौट आया।

कंजूसी का फल

चंदनपुर नामक गाँव में एक गरीब ब्राह्मण रहता था। वह अपने परिवार के लिए दो वक्त की रोटी मुश्किल से जुटा पाता था। उसकी एक पुत्री भी थी, जो विवाह योग्य हो चुकी थी। ब्राह्मण को अपनी पुत्री के विवाह की बहुत चिंता रहती थी। एक दिन उसके मन में विचार आया कि यदि वह मंदिर में जाकर भगवान् राम की कथा सुनाए तो शायद कुछ पैसे जमा हो जाएँ, जिससे वह अपनी पुत्री का कन्यादान ठीक से कर सके।

ब्राह्मण ने दूसरे दिन से ही मंदिर में बैठकर भगवान् की कथा कहना प्रारंभ कर दिया। ब्राह्मण का सोचना था कि चाहे श्रोता कथा सुनने आएँ या न आएँ, लेकिन मंदिर में मेरी कथा भगवान् अवश्य सुनेंगे।

धीरे-धीरे कथा सुनने के लिए थोड़े से लोग आने लगे। एक दिन एक बहुत कंजूस सेठ मंदिर में कथा सुनने आया। कथा सुनने के बाद जब वह मंदिर की परिक्रमा कर रहा था, तो उसे मंदिर के अंदर से दो लोगों के बातें करने की आवाज सुनाई दी। सेठ कान लगाकर ध्यान से सुनने लगा।

सेठ ने सुना, भगवान् राम हनुमान से कह रहे थे–''इस ब्राह्मण के

लिए सौ रुपए का प्रबंध कर दो। यह एक सज्जन गरीब ब्राह्मण है। यदि इसे सौ रुपए मिल जाएँगे तो इसकी कन्या का विवाह ठीक से हो जाएगा।'' भगवान् राम की बातें सुनकर हनुमान ने कहा, ''प्रभु! जैसी आपकी इच्छा। इस ब्राह्मण के लिए सौ रुपए का प्रबंध अभी हो जाएगा।'' कंजूस सेठ ने हनुमान और भगवान् राम की सारी बातें सुन लीं।

वह कंजूस सेठ कथा समाप्त होने के बाद ब्राह्मण से बोला, ''ब्राह्मण देवता, आजकल तो कथा में बहुत धन आ रहा होगा।'' ब्राह्मण तो

सीधे-सादे स्वभाव के थे। उन्होंने कहा, "जब श्रोता ही नहीं आते तो धन कहाँ से आएगा?"

सेठ ने ब्राह्मण को उकसाते हुए कहा, "कथा में जितना भी धन प्राप्त हो, वह मुझे दे देना। मैं तुम्हें पचास रुपए दूँगा।" ब्राह्मण ने सोचा–'कथा में तो कुछ भी नहीं आता, कम-से-कम सेठ से शर्त जीतकर पचास रुपए तो मिल ही जाएँगे।' इसलिए ब्राह्मण ने सेठ की शर्त स्वीकार कर ली।

उधर सेठ के मन में तो लालच था और उसकी नीयत भी खराब थी। सेठ ने सोचा कि राम की आज्ञा का पालन हनुमान अवश्य ही करेंगे। वे किसी भी प्रकार ब्राह्मण को सौ रुपए जरूर दिलाएँगे। वे सौ रुपए मैं ब्राह्मण से शर्त में जीत लूँगा। फिर पचास रुपए ब्राह्मण को दे दूँगा, तो मुझे पूरे पचास रुपए का लाभ होगा। लालची आदमी तो हमेशा धन के विषय में ही सोचते रहते हैं। लालची सेठ ने श्रीराम और हनुमान की बातें सुनकर भी भगवान् के प्रति जरा भी श्रद्धा-भक्ति नहीं दिखाई, बल्कि सेठ के मन को लालच ने घेर लिया।

पूर्णाहुति होने के बाद सेठ ब्राह्मण के पास आकर बोला, "आज तो पूरे सौ रुपए भेंट में आए होंगे।" ब्राह्मण ने कहा, "आज तो कुल पाँच या सात रुपए ही मिले हैं।" अब तो सेठ की आशा ही टूट गई। उसने शर्त के पचास रुपए ब्राह्मण को दे दिए। सेठ को हनुमानजी पर बहुत क्रोध आया कि उन्होंने श्रीराम के सामने झूठ बोला और ब्राह्मण को सौ रुपए नहीं दिलाए।

सेठ गुस्से से पागल होकर मंदिर के अंदर गया और हनुमान की मूर्ति पर एक जोरदार घूँसा मारा। घूँसा मारने के साथ ही सेठ का हाथ मूर्ति से

चिपक गया। बहुत कोशिश करने के बाद भी सेठ का हाथ नहीं छूटा। हनुमानजी की पकड़ से सेठजी अपने को कैसे छुड़ा सकते थे।

थोड़ी ही देर में सेठ ने सुना कि भगवान् राम हनुमान से पूछ रहे थे, "क्या तुमने ब्राह्मण को सौ रुपए दिला दिए?" हनुमान ने कहा, "प्रभु! पचास रुपए तो मैंने सेठ से दिला दिए, बाकी पचास रुपए के लिए सेठ को कसकर पकड़ रखा है। सेठ जब पचास रुपए देगा तो उसे छोड़ दूँगा।"

राम और हनुमान की बातें सुनकर सेठ ने सोचा कि यदि लोगों ने मुझे मंदिर में देख लिया तो सारी इज्जत मिट्टी में मिल जाएगी। तब सेठ जोर से बोला, "हनुमानजी, मुझे छोड़ दो, मैं अभी ब्राह्मण को पचास रुपए दे दूँगा।"

सेठ के ऐसा कहते ही हनुमान ने हाथ छोड़ दिया। सेठ ब्राह्मण को पचास रुपए देकर अपने घर लौट गया। इस प्रकार श्रीराम और हनुमान की कृपा से ब्राह्मण को सौ रुपए मिल गए।

भगवान् की कृपा

एक राजा का मंत्री भगवान् का बहुत बड़ा भक्त था। वह प्रत्येक बात पर यही कहता था कि भगवान् की बड़ी कृपा हो गई। ऐसा कहने की उसकी आदत ही बन चुकी थी। एक दिन जैसे ही राजा के पुत्र की मृत्यु का समाचार मिला तो वह तुरंत बोल उठा, "भगवान् की बड़ी कृपा हो गई।" मंत्री के मुख से ऐसे शब्द सुनकर राजा को बहुत गुस्सा आया, लेकिन वह चुप रहा। कुछ दिन बाद रानी की मृत्यु होने पर भी मंत्री ने यही कहा कि भगवान् की बड़ी कृपा हो गई। इस बार भी राजा अपने गुस्से पर काबू करके कुछ नहीं बोला।

एक दिन राजा की नई तलवार बनकर आई तो वह तलवार की धार को अपनी उँगली से लगाकर देख रहे थे कि उनकी उँगली कट गई। राजा का मंत्री पास में खड़ा था, वह तुरंत बोल पड़ा कि भगवान् की बड़ी कृपा हो गई। इस बार राजा का क्रोध फूट पड़ा और मंत्री को तुरंत राज्य से बाहर जाने का आदेश दे दिया। राजा ने मंत्री से कहा कि तुम मेरे राज्य में अन्न-जल ग्रहण नहीं करोगे। यह सुनकर भी मंत्री बोला कि भगवान् की बड़ी कृपा हो गई।

एक दिन की बात है कि राजा जंगल में शिकार खेलने गया। एक जंगली सूअर का पीछा करते-करते राजा बहुत आगे निकल गया और अपने अनुचरों से बिछुड़ गया। जंगल में कुछ डाकू काली माँ को बलि देने की

तैयारी कर रहे थे। उन्होंने राजा को देखा तो उसे बंदी बना लिया और उसकी बलि देने के लिए तैयार हो गए। बलि की तैयारी पूरी करने के बाद पुरोहित ने राजा से पूछा, "क्या तुम्हारा बेटा जीवित है?" राजा बोला, "नहीं, वह तो मर चुका है।" पुरोहित बोला, "इस आदमी का तो दिल जला हुआ है।" पुरोहित बोला, "क्या तुम्हारी पत्नी जीवित है?" राजा बोला, "वह तो मर गई।" पुरोहित बोला, "यह तो आधे अंग का है। इसकी बलि नहीं दी जा सकती। राजा के शरीर की जाँच करने पर पता चला कि उसकी तो उँगली भी कटी हुई थी। अंग-भंग होने के कारण डाकुओं ने राजा को छोड़ दिया।

डाकुओं के चंगुल से छूटने के बाद राजा ने अपने अनुचरों से कहा, "जहाँ कहीं भी हो, मंत्री को तुरंत खोजकर लाओ। जब तक मंत्री नहीं आएगा तब तक मैं अन्न-जल ग्रहण नहीं करूँगा।

राजा के अनुचरों ने शीघ्र ही मंत्री को खोज निकाला और राजा के पास ले आए। राजा ने मंत्री को बड़े ही आदर-सम्मान के साथ बैठाकर जंगलवाली घटना सुनाई। राजा ने अपनी भूल पर खेद प्रकट करते हुए कहा, "मंत्रीजी, आप ठीक ही कहते थे कि भगवान् की बड़ी कृपा हो गई। आज यह बात मेरी समझ में आ गई है। यदि उस दिन मेरी उँगली नहीं कटती तो डाकू मेरा गला काट देते। वास्तव में उस दिन भगवान् की मेरे ऊपर बड़ी कृपा थी।"

राजा ने मंत्री से कहा, "जब मैंने तुम्हें राज्य से निकाला था तब तुमने क्यों कहा था कि भगवान् की बड़ी कृपा हो गई? यह बात मेरी समझ में नहीं आई।" मंत्री ने राजा को समझाते हुए कहा, "यदि मैं उस समय यहाँ होता तो मैं भी आपके साथ शिकार पर जाता और आपके साथ डाकू मुझे भी पकड़ लेते। डाकुओं ने आपको उँगली कटी होने के कारण छोड़ दिया। लेकिन वे मुझे नहीं छोड़ते और मेरी बलि अवश्य चढ़ा देते। भगवान् की मेरे ऊपर बड़ी कृपा थी, जो मैं आपके साथ नहीं था। राज्य से बाहर होने के कारण ही मैं बच गया।"

मंत्री ने पुनः कहा कि अब मैं अपनी जगह पर वापस आ गया हूँ। यह भी भगवान् की ही कृपा है। राजा ने मंत्री की बात मान ली और अब राजा भी भगवान् पर विश्वास करने लगा।

सेठ को शिक्षा

एक गाँव में एक धनी सेठजी रहते थे। वे प्रातःकाल उठकर रोज नदी में स्नान करने जाते थे। एक दिन सेठ को एक बड़े संत मिले। सेठ को देखकर संत रुक गए और बोले, ''सेठ, राम-राम!'' सेठ ने संत के अभिवादन का कोई उत्तर नहीं दिया। संत ने सेठ से तीन बार राम-राम कहा, लेकिन सेठ ने एक बार भी उत्तर नहीं दिया। सेठ ने बिना देखे ही सोच लिया कि कोई माँगनेवाला होगा। इसलिए कहने लगे, ''चल हट, हट! हट यहाँ से।'' संत ने मन में सोचा कि यह सेठ तो बहुत अभिमानी है। भगवान् का नाम भी नहीं ले सकता। मेरे द्वारा भगवान् का नाम लेने पर भी हट-हट करता है।

संत ने अपने मन में सोचा कि धनी लोगों को धन से बहुत प्यार होता है। कभी कोई धन न माँग ले, इसलिए ये लोगों से बात करने में भी डरते हैं। सेठ को सबक सिखाने के विचार से संत ने उस सेठ जैसा भेष बनाया और उसके घर पहुँचकर दरबान से बोले, ''एक बहुरुपिया मेरा रूप बनाकर नदी पर आ गया है। कहीं वह यहाँ आकर कुछ गड़बड़ न करे, इसलिए मैं जल्दी आ गया। यदि वह यहाँ आए तो उसे अंदर मत आने देना।''

सेठ बने हुए संत ने घर आकर उसी तरह से भजन-पाठ किया जैसे असली सेठ किया करता था। कुछ ही देर में जब असली सेठ वहाँ आया

तो दरबान ने रोकते हुए कहा, "अंदर कहाँ जाते हो? हटो यहाँ से।" असली सेठ दरबान को डाँटते हुए बोला, "क्या तूने भाँग पी रखी है? तू मेरा नौकर है, मालिक बनने की कोशिश मत कर।"

दरबान ने सेठ को अंदर नहीं आने दिया, तो उसने अपने बेटों को आवाज लगाई। बेटों ने भी सेठ की कोई बात नहीं सुनी और न ही अंदर आने दिया। सेठ यह सोचकर परेशान था कि आज घरवालों को क्या हो

गया, जो अंदर नहीं जाने देते। सेठ करे तो क्या? वह परेशान होकर घर के बाहर घूमने लगा।

सेठ राजा के पास गया और सारी बातें बता दीं। सेठ उस राज्य के धनी लोगों में से एक थे और उनकी राजा से भी अच्छी जान-पहचान थी। शान-शौकत से बग्घी में बैठकर जानेवाले सेठ को इस तरह से परेशान हालत में देखकर राजा को बहुत आश्चर्य हुआ।

राजा ने जब सेठ के घर अपने सिपाही भेजे तो सेठ के बेटों ने कहा कि हमारे सेठ तो घर पर आराम कर रहे हैं। जो आपके पास है, वह तो कोई बहुरुपिया है। राजा की समझ में कुछ नहीं आया। अब सच्चाई जानने के लिए राजा ने अपने आदमी को भेजकर सेठ को बुलाने का आदेश दिया।

राजा का आदेश पाकर नकली सेठ चार घोड़ोंवाली बग्घी में ठाट-बाट से राजदरबार पहुँचे और बोले, "अन्नदाता! मुझे कैसे याद किया?" दोनों के रंग-रूप, हाव-भाव को देखकर राजा को बड़ा ही आश्चर्य हुआ। दोनों में असली-नकली का पता लगाना बहुत कठिन था। जब राजा के मंत्री भी असली-नकली का पता न लगा सके तो नकली सेठ ने कहा, "महाराज, परीक्षा करके देख लीजिए। आप बही मँगवा लीजिए, उसमें जो कुछ भी लिखा है, हम बिना देखे ही आपको बता देंगे।"

नकली सेठ की बात मानकर राजा ने घर से बही मँगवा ली। फिर क्या था, नकली सेठ ने किस पन्ने पर किसको, कब और कितना रुपया ब्याज पर दिया, सब कुछ बिना देखे ही बता दिया। इतना तो शायद असली सेठ भी नहीं जानता था। असली सेठ मुँह ताकता ही रह गया। सबूत के

आधार पर संत ने स्वयं को असली सेठ सिद्ध कर दिया और असली सेठ सबके सामने नकली सिद्ध हो गया।

दूसरे दिन जब असली सेठ नदी पर स्नान करने गया तो वहाँ पर वह संत भी मौजूद थे। संत ने सेठ को देखकर राम-राम कहा। अब सेठ की समझ में सबकुछ आ गया कि यह सब इन्हीं संत का चमत्कार है। संत ने सेठ को समझाते हुए कहा, "भगवान् का नाम लो, किसी का अपमान और तिरस्कार मत करो।" इतना कहकर संत चुप हो गए और सेठ अपने घर लौट आया।

पाप का बाप

एक विद्वान् पंडितजी काशी से विद्या पढ़कर आए। कुछ दिन बाद ही उन्होंने अपना विवाह कर लिया। विवाह के कुछ दिन बाद ही पंडित की पत्नी ने पूछा, ''मैं यह जानना चाहती हूँ कि पाप का बाप कौन है? कृपया मेरे प्रश्न का उत्तर देकर मेरी जिज्ञासा शांत कीजिए।''

पंडितजी ने अपने पास रखी हुई सभी पोथियाँ देख डालीं, लेकिन उन्हें पत्नी के प्रश्न का उत्तर कहीं भी नहीं मिला। अब तो पंडितजी बहुत लज्जित हुए कि काशी में इतनी पढ़ाई करने का क्या लाभ कि मैं पत्नी की जिज्ञासा को शांत न कर सका।''

पंडितजी शर्मिंदा होकर पत्नी के प्रश्न का उत्तर जानने के लिए काशी में फिर से विद्याध्ययन करने के लिए चल पड़े। पंडितजी कुछ दूर ही चले थे कि उन्हें रास्ते में एक वेश्या मिल गई। वेश्या ने पंडितजी से पूछा, ''आप कहाँ जा रहे हैं?'' पंडितजी ने कहा, ''मेरी पत्नी ने प्रश्न पूछा है कि पाप का बाप कौन है?'' मैं उसी प्रश्न का उत्तर जानने के लिए काशी जा रहा हूँ।

वेश्या ने पंडितजी से कहा, ''तुम्हें इस प्रश्न का उत्तर जानने के लिए काशी जाने की कोई आवश्यकता नहीं है। इन प्रश्न का उत्तर तो मैं तुम्हें यहीं पर बता दूँगी। कृपया कल मेरे घर पर आ जाना।''

पंडितजी ने सोचा कि मुझे इतनी दूर जाना भी नहीं पड़ेगा। इसलिए मैं वेश्या के घर जाकर पत्नी के प्रश्न का उत्तर जान लूँगा। पंडितजी दूसरे

दिन ही वेश्या के घर पहुँच गए। वेश्या ने पंडितजी को सौ रुपए भेट में देकर कहा, "कृपया कल मेरे घर भोजन करने जरूर आएँ।" पंडितजी ने वेश्या के घर भोजन करना स्वीकार कर लिया।

अगले दिन जब पंडितजी वेश्या के घर भोजन करने पहुँचे तो वेश्या

बोली, ''पंडितजी, आप कच्ची रसोई हर किसी के हाथ की ग्रहण नहीं करते, इसलिए मैं पक्की रसोई बना लेती हूँ, आप ग्रहण कर लीजिए।'' इतना कहकर वेश्या सौ रुपए पंडितजी को देकर चली गई।

वेश्या ने पक्की रसोई बनाकर पंडितजी को परोस दी। वेश्या ने सौ रुपए पंडितजी के पास में रखे और बोली, ''महाराज! जब आप मेरे हाथ से बनी रसोई ग्रहण कर रहे हैं तो क्यों न एक ग्रास मैं अपने हाथ से खिला दूँ। आखिर इन्हीं हाथों से मैंने रसोई बनाई है।'' पंडितजी वेश्या के हाथ से ग्रास खाने के लिए भी तैयार हो गए।

वेश्या के हाथ से ग्रास लेने के लिए पंडितजी ने जैसे ही मुख खोला कि वेश्या पंडितजी के मुँह पर एक जोरदार थप्पड़ लगाते हुए बोली, ''आप को कुछ समझ नहीं आया। धिक्कार है तुम्हें! अगर तुमने मेरे हाथ का बना भोजन ग्रहण किया! मैं आप जैसे विद्वान् पंडित का धर्म भ्रष्ट करना नहीं चाहती। मैंने तो यह सब आपको पाप का बाप कौन है, इस बात का ज्ञान कराने के लिए किया था। जैसे-जैसे रुपए आपके सामने आते गए, आप ढीले होते चले गए और आप मेरी सारी बातें मानते चले गए।''

वेश्या ने पंडित को समझाया कि पाप का बाप रुपयों का लालच है। वास्तव में दूसरों को उपदेश देनेवाले लोग तो बहुत होते हैं, लेकिन उपदेश के अनुसार आचरण करनेवाले लोग कम ही होते हैं। इसलिए मनुष्य को लोभ के कारण कोई गलत काम नहीं करना चाहिए।

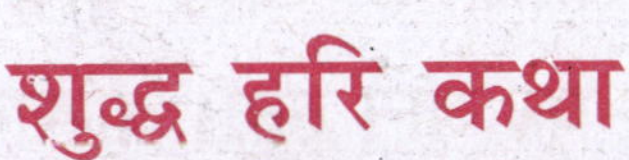

शुद्ध हरि कथा

बाबा रामदास नाम के एक बहुत बड़े संत हुए हैं। वे हनुमान के बहुत बड़े भक्त थे। हनुमान संत को समय-समय पर दर्शन देकर कृतार्थ करते रहते थे। एक बार संत ने हनुमान से अपनी इच्छा प्रकट करते हुए कहा, ''भगवन्, एक दिन आप सभी लोगों को दर्शन दे दीजिए।'' हनुमान बोले, ''ठीक है, मैं दर्शन दे दूँगा, तुम लोगों को इकट्ठा कर लो।''

संत ने मन में सोचा कि मैं हरि कथा के द्वारा लोगों को इकट्ठा कर लूँगा। दर्शन देते समय हनुमान ने संत से फिर कहा, ''तुम शुद्ध हरि कथा ही कहना। क्योंकि शुद्ध हरि कथा में ही लोग आते हैं और मैं भी शुद्ध हरिकथा में ही आऊँगा।''

बाबा रामदास का पूरे नगर में इतना प्रभाव था कि वे जहाँ भी जाते वहाँ भीड़ इकट्ठी हो जाती थी। संत ने पूरे नगर में घोषणा करा दी कि आज रात को मैदान में हरि कथा आयोजित होगी। नगर में हरि कथा की तैयारी जोर-शोर से की जाने लगी। पूरे मैदान में दरियाँ बिछा दी गईं। बिजली, पानी और प्रकाश की उचित व्यवस्था कर दी गई। निश्चित समय पर लोग कथा सुनने के लिए इकट्ठा होने लगे। गाने-बजानेवालों के आते ही कीर्तन शुरू हो गया। बीच-बीच में बाबा हरि कथा कहते और फिर कीर्तन में रम जाते। कुछ ही देर में बाबा पूरी तरह से कीर्तन में लीन हो गए।

लोगों ने यही सोचा कि शायद बाबा फिर से हरिकथा कहेंगे। इसलिए कुछ देर और बैठे रहे, किंतु बाद में लोगों ने यही सोचा कि कीर्तन तो हम घर पर बैठकर भी कर सकते हैं, यहाँ कब तक बैठे रहें। इसलिए धीरे-धीरे सब लोग उठकर घर जाने लगे। वास्तव में घर पर कीर्तन करने का तो एक बहाना था। एक-दूसरे को देखकर सभी उठकर जाने लगे।

संत तो आँखें बंद करके पूरी तन्मयता के साथ कीर्तन में मगन थे। उन्हें यह भी पता नहीं चला कि गाने-बजानेवाले कब उठकर चले गए। धीरे-धीरे बिजली-पानी की व्यवस्था करनेवाले भी खिसक गए। हनुमान की आज्ञा के अनुसार संत महाराज तो शुद्ध हरि कथा ही कर रहे थे।

संत महाराज इतनी मस्ती में नाच रहे थे कि दरी उठानेवालों को बड़ी कठिनाई का सामना करना पड़ा। वे दरी कैसे उठाएँ? संत महाराज तो इधर-से-उधर नृत्य करते फिर रहे थे। जब संत महाराज नाचते-नाचते उधर गए तो इधर की दरी इकट्ठी कर ली और जब इधर आए तो उधर की दरी इकट्ठी कर ली। इस प्रकार दरीवाले भी चले गए।

जब सब लोग चले गए तो हनुमान ने प्रकट होकर संत को दर्शन दिए। संत ने कहा, "महाराज, आज तो सब लोगों को दर्शन दीजिए।" हनुमान ने उत्सुकता से कहा, "किस को दर्शन दूँ, जरा अपनी आँखें खोलकर देखो, यहाँ कोई नहीं है।"

जब बाबा ने आँखें खोलकर देखा तो वे आश्चर्यचकित रह गए। वास्तव में वहाँ पर बाबा के अलावा और कोई नहीं था। बाबा हनुमान के दर्शन करके धन्य हो गए। बाबा यह सोचकर खुश हो गए कि भक्ति भाव से किया गया संकीर्तन भी शुद्ध हरिकथा ही है और शुद्ध हरिकथा से भगवान् साक्षात् प्रकट होकर दर्शन अवश्य देते हैं।

शुद्ध हरिकथा या कीर्तन चाहे कुछ भी करो, लेकिन भगवान् के दर्शन करने के लिए जरूरी है कि हृदय में सच्ची भक्ति होनी चाहिए।

नियम से लाभ

एक गाँव में बहुत ही पहुँचे हुए संत रहते थे। एक बार वे एक जाट के घर पधारे। जाट ने संत का बड़ा ही आदर-सत्कार किया। संत ने जाट को समझाया कि मनुष्य को प्रतिदिन भगवान् का नाम जपने का एक नियम बना लेना चाहिए। भगवान् के नाम का स्मरण किए बिना मनुष्य को मोक्ष की प्राप्ति नहीं होती।

संत के समझाने पर भी जाट मंदिर में भगवान् के दर्शन करने के लिए तैयार नहीं हुआ। जाट ने कहा, ''महाराज, मैं आपकी तरह कोई साधु नहीं हूँ, जो माला लेकर सारे दिन मंदिर में बैठा रहूँ। मेरे पास इतना समय नहीं कि मैं भजन-कीर्तन में लगा रहूँ। मैं खेतों में काम करके अपने परिवार का पालन-पोषण करता हूँ।''

जाट की नास्तिक बुद्धि को देखकर संत बोले, ''मेरे कहने से तुम भगवान् की भक्ति नहीं करते तो कोई बात नहीं। लेकिन एक नियम ऐसा बना लो, जिसे पूरा किए बिना तुम भोजन ग्रहण नहीं करोगे।''

संत की बात सुनकर जाट बहुत खुश होकर बोला, ''महाराज, जग्गू मेरा परम मित्र है। हम दोनों के घर और खेत पास-पास हैं। यदि नियम ग्रहण करने की बात है तो मैं प्रतिदिन भोजन करने से पहले उसके दर्शन कर लिया करूँगा।'' संत ने कहा, ''ठीक है।''

अब तो जाट नियम से अपने मित्र के दर्शन करके भोजन करता। एक दिन जाट को खेतों पर जल्दी जाना था। इसलिए वह भोजन करने से पहले

छत पर अपने मित्र के दर्शन करने गया। लेकिन वहाँ जाट को अपना मित्र दिखाई नहीं दिया। नियम का पालन किए बिना जाट भोजन ग्रहण कैसे करे? पूछने पर जाट को पता चला कि उसका मित्र जग्गू मिट्टी खोदने गया है। जाट जग्गू की खोज में निकल पड़ा।

उधर जग्गू जब मिट्टी खोद रहा था तो उसे सोने-चाँदी के सिक्कों से भरी हुई एक हँड़िया मिली। जग्गू ने सोचा कि मुझे किसी ने देख लिया तो बड़ी परेशानी हो जाएगी। आस-पास कोई है तो नहीं, यह देखने के लिए

जग्गू पेड़ पर चढ़ गया। जग्गू ने देखा कि सामने से उसका मित्र जाट आ रहा है। जाट को देखकर जग्गू के चेहरे का रंग उड़ गया। वह मन-ही-मन सोचने लगा कि सोने-चाँदी से भरी हाँड़ी के विषय में यह सबको बता देगा। अब जग्गू क्या करे? यह सोचकर वह परेशान हो गया।

जाट ने जब जग्गू को पेड़ पर देखा तो उसका नियम पूरा हो गया और वह वापस लौटने लगा, ताकि घर जाकर भोजन ग्रहण कर सके। जाट को भागते देखकर जग्गू का शक यकीन में बदल गया कि अवश्य ही इसने मुझे हाँड़ी निकालते हुए देख लिया है। जग्गू ने जाट को जोर से आवाज लगाई कि "अरे, रुक जा, जा मत, मेरी बात तो सुन!"

जग्गू की बात सुनकर जाट बोला, "बस, देख लिया, देख लिया, अब मैं जाता हूँ।" जग्गू एक समझदार व्यक्ति था, वह बोला, "इधर तो आ, अगर तूने देख ही लिया है तो दोनों आधा-आधा बाँट लेंगे। लेकिन किसी को कुछ भी मत बताना।"

जग्गू के कहने का अर्थ जाट की समझ में नहीं आया। उसके मन में शंका पैदा हो गई। जब वह जग्गू के पास आया तो सोने-चाँदी के सिक्कों से भरी हाँड़ी देखकर आश्चर्यचकित रह गया। दोनों मित्रों ने आधा-आधा धन बाँट लिया।

अब जाट के मन में विचार आया कि संत से मनचाहा नियम लेने से ही जब मुझे इतने अधिक धन की प्राप्ति हुई है अगर मैं संत की आज्ञा का पालन करूँ, तो मुझे न जाने कितना लाभ होगा। मन में अटल निश्चय करके दोनों मित्रों ने संत की बात मान ली और भगवान् के सच्चे भक्त बन गए।

संत के प्रभाव से दोनों मित्र यह समझ गए कि मनुष्य का जन्म भगवान् की प्राप्ति के लिए ही हुआ। दोनों मित्रों ने यह नियम बना लिया कि जीवन में कभी भी भगवान् की पूजा किए बिना भोजन ग्रहण नहीं करेंगे।

सेवा का अवसर

शायद ही कोई ऐसा व्यक्ति होगा, जो रामभक्त हनुमान का नाम नहीं जानता होगा। हनुमान का तो जन्म ही राम की सेवा करने के लिए हुआ था। एक बार भरत, लक्ष्मण, शत्रुघ्न ने सीताजी से कहा कि हनुमान, हमें सेवा का अवसर ही नहीं देते। प्रभु श्रीराम के सभी कार्य हनुमान कर देते हैं और हम देखते रह जाते हैं। हनुमान का हर समय प्रभु की सेवा में लगे रहना हमें पसंद नहीं है।

तीनों भाइयों ने सुबह से लेकर रात तक प्रभु श्रीराम के सारे कार्यों की रूपरेखा तैयार की और आपस में सभी कार्य बाँट लिये। हनुमान के लिए उन्होंने कोई काम नहीं छोड़ा। प्रभु राम के कार्यों की रूपरेखा को कई बार देखा गया कि कहीं कोई काम छूट तो नहीं गया। तीनों भाई हनुमान को प्रभु राम के काम करने का एक भी मौका देना नहीं चाहते थे।

जैसे ही हनुमानजी श्रीराम का कार्य करने को आगे आते, तो तीनों भाई उन्हें रोक देते और कह देते कि आज से हमने प्रभु की सेवा बाँट ली है। आपके लिए तो कोई सेवा बची ही नहीं। बहुत सोचने के बाद हनुमान ने देखा कि श्रीराम को जम्हाई आने पर चुटकी बजाने का काम तो किसी के हिस्से में है ही नहीं। इसलिए हनुमान ने चुटकी बजाने का काम स्वयं ले लिया।

हनुमान के हृदय में श्रीराम का कार्य करने की लगन थी, इसलिए

उन्होंने अपने लिए कार्य ढूँढ़ ही लिया। अब तो हनुमानजी सारा दिन प्रभु श्रीराम के साथ रहते और उनके मुख की तरफ देखते रहते कि प्रभु को कब जम्हाई आ जाए। रात होने पर भी हनुमान ने श्रीराम का साथ नहीं छोड़ा। तीनों भाइयों ने हनुमान से कहा कि श्रीराम प्रभु के सोने का समय हो चुका है। अब आप उन्हें अकेला छोड़ दीजिए। हनुमान ने इनकार करते हुए कहा कि मैं अकेला प्रभु को नहीं छोड़ सकता। अगर उन्हें रात को जम्हाई आ गई तो मेरी सेवा का अवसर तो बेकार ही चला जाएगा। लेकिन भरत, शत्रुघ्न और लक्ष्मण के आग्रह करने पर हनुमानजी वहाँ से चले तो गए, लेकिन छत पर जाकर बैठ गए और चुटकी बजाने लगे। हनुमानजी लगातार चुटकी बजाते रहे कि पता नहीं श्रीराम को कब जम्हाई आ जाए।

एक बार श्रीराम जम्हाई ले रहे थे कि उनका मुख खुला ही रह गया। श्रीराम प्रभु का मुख खुला देखकर सीता माता घबरा गईं। भरत, शत्रुघ्न, लक्ष्मण भी वहाँ पर आ गए। किसी की समझ में यह नहीं आया कि प्रभु श्रीराम का मुख खुला क्यों है। वैद्यजी को भी बुलाया गया, लेकिन उनके इलाज से भी कुछ लाभ नहीं हो पाया।

कुछ ही देर में कुलगुरु महर्षि वसिष्ठ भी श्रीराम को देखने के लिए आ गए। महर्षि वसिष्ठ को बहुत आश्चर्य हुआ कि ऐसी संकट की स्थिति में भी हनुमान वहाँ पर नहीं थे। हनुमान का वहाँ पर न होना सचमुच ही हैरानी की बात थी। खोज करने पर पता चला कि हनुमान तो छत पर बैठे चुटकी बजा रहे हैं। महर्षि वसिष्ठ ने जब हनुमान को बुलाया तो वे प्रभु श्रीराम के पास आए और चुटकी बजाना बंद कर दिया।

हनुमान ने जैसे ही चुटकी बजाना बंद किया तो श्रीराम का मुख पहले की तरह हो गया। इसके बाद सबकी समझ में आ गया कि यह सब हनुमान की चुटकी बजाने के कारण ही हुआ था। श्रीराम ने यह लीला इसलिए रची थी कि जिस प्रकार भूखे व्यक्ति को अन्न देना आवश्यक है, उसी प्रकार सेवा करने के लिए आतुर हनुमान को सेवा करने का अवसर मिलना ही चाहिए।

इसलिए लक्ष्मण, भरत, शत्रुघ्न तीनों भाइयों में से किसी ने भी हनुमान को प्रभु श्रीराम की सेवा करने से नहीं रोका, बल्कि सभी मिल-जुलकर प्रभु राम की सेवा करने लगे।

पुनर्जन्म

एक बार एक चोर ने राजमहल में चोरी कर ली। जब राजा को चोरी की बात का पता चला तो उन्होंने सिपाहियों को चोर को पकड़ने का आदेश दिया। राजा का आदेश मिलते ही सिपाही चोर के पदचिह्नों का पीछा करते-करते नगर से बाहर निकल आए। सिपाही चोर के पदचिह्नों को देखते-देखते एक गाँव में घुस गए। लेकिन गाँव से बाहर जानेवाले चिह्न सिपाहियों को कहीं भी नहीं मिले। इसलिए सिपाहियों ने अनुमान लगाया कि चोर अवश्य ही गाँव में छिपा है।

सिपाहियों ने देखा कि गाँव में एक जगह सत्संग हो रहा था। वहाँ बहुत से भक्तजन संत महाराज का प्रवचन सुन रहे थे। सिपाहियों ने सोचा कि जरूर चोर छिपकर यहाँ पर बैठ गया होगा, इसलिए सिपाही वहीं खड़े होकर चोर की प्रतीक्षा करने लगे।

संत प्रवचन दे रहे थे कि जो मनुष्य सच्चे हृदय से भगवान् की शरण में चला जाता है, भगवान् उसे समस्त पापों से मुक्त करके अपनी शरण में ले लेते हैं। जो एक बार भगवान् का हो जाता है, मानो उसका दूसरा जन्म हो गया और वह पापी न रहकर साधु बन जाता है। चाहे कोई व्यक्ति कितना भी पापी और दुराचारी क्यों न हो, यदि वह सच्चे मन से निश्चय करके भगवान् की भक्ति करता है, तो वह पापी नहीं रहता,

बल्कि साधु कहलाने योग्य है।

चोर उसी सत्संग में बैठा संत का प्रवचन सुन रहा था। उसने वहीं बैठे-बैठे अटल निश्चय कर लिया कि वह अब कभी चोरी नहीं करेगा। केवल भगवान् की शरण में जाएगा। प्रवचन समाप्त होने के बाद जब वह चोर बाहर निकला तो सिपाहियों ने उसके पदचिह्नों को पहचानकर उसे पकड़ लिया और राजा के पास ले गए। सिपाही बोले, ''महाराज! यह वही चोर है, जिसने महल में चोरी की है। अब आप इसे उचित दंड दीजिए।''

चोर को देखकर राजा बोला, ''सच-सच बताओ, क्या तुमने महल में चोरी की है, अगर हाँ तो चोरी का धन कहाँ छिपाकर रखा है?'' चोर बोला, ''महाराज! मैंने इस जन्म में कभी चोरी नहीं की।'' चोर को झूठ बोलते देखकर सिपाही बोले, ''महाराज! यह चोर झूठ बोल रहा है। हम इसके पदचिह्नों को अच्छी तरह से पहचानते हैं। इसके पदचिह्नों को देखकर ही हमने यह निश्चय किया है कि चोरी इसी ने की है।''

जब चोर अपना जुर्म मानने को तैयार नहीं हुआ तो राजा ने उसकी परीक्षा लेने का निर्णय लिया। चोर के हाथ पर पीपल के ढाई पत्ते रखकर कच्चे सूत से बाँध दिए और उसके ऊपर गरम करके लोहा रख दिया। किंतु उस चोर का हाथ जलना तो दूर, उसके हाथ पर रखा हुआ सूत और पीपल का पत्ता भी नहीं जला। यह देखकर सभी आश्चर्यचकित रह गए। बाद में जब उस लोहे को जमीन पर रखा तो वहाँ की जमीन भी जलकर काली हो गई। अब चोर की निर्दोषता पर राजा को पूरा विश्वास हो गया। राजा ने सिपाहियों को बहुत डाँटा कि तुमने एक निर्दोष व्यक्ति पर चोरी का आरोप लगाया है। तुम वास्तव में दंड के अधिकारी हो।

दंड की बात सुनते ही चोर बोला, ''महाराज, ये सिपाही बेकसूर हैं। वास्तव में चोरी मैंने ही की थी। कृपया आप इन्हें दंड मत दीजिए।'' राजा ने मन में सोचा कि यह चोर न होकर कोई दयालु पुरुष है, जो इन सिपाहियों को दंड से बचाने के लिए इनका दोष अपने ऊपर ले रहा है।

राजा ने चोर से कहा, ''तुम इन सिपाहियों पर दया करके इन्हें बचाने की कोशिश मत करो। अब मैं इन्हें दंड अवश्य दूँगा।'' चोर ने राजा को विश्वास दिलाते हुए कहा, ''महाराज! यदि मेरी बात पर आपको विश्वास

नहीं है तो अपने सिपाहियों को मेरे साथ भेज दीजिए। मैंने चोरी का धन जंगल में छिपाया है, वहाँ से अभी लाकर दे सकता हूँ।''

राजा ने जब अपने सिपाहियों को चोर के साथ भेजा तो उसने जंगल में जाकर जमीन में गड्ढा खोदकर चोरी का धन निकाल लिया और लाकर राजा के सामने रख दिया। राजा चोरी के धन को देखकर हैरान रह गए और चोर से बोले, ''सच-सच बताओ कि परीक्षा करने पर तुम्हारा हाथ क्यों नहीं जला, जबकि चोरी का धन तुम्हारे पास था।''

चोर ने राजा को हाथ न जलने का कारण बताते हुए कहा, ''महाराज! मैं चोरी के धन को जंगल में छिपाकर सत्संग में जाकर बैठ गया। सत्संग के प्रभाव से मैंने कभी चोरी न करने का निश्चय कर लिया। जो व्यक्ति भगवान् की शरण में जाकर अपने पापों के लिए क्षमा माँग लेता है, उसे भगवान् समस्त पापों से मुक्त कर देते हैं और वह भगवान् का हो जाता है। उस व्यक्ति का पुनर्जन्म हो जाता है। महाराज, अब मेरा पुनर्जन्म हो चुका है। मैंने आपके महल में चोरी पिछले जन्म में की थी। इस जन्म में मैंने कोई चोरी नहीं की, इसलिए मेरा हाथ नहीं जला।''

सच्ची जीत

एक गाँव में शेरसिंह नाम का एक किसान रहता था। वह शेर के समान ही भयंकर और अभिमानी था। जरा-जरा सी बात पर वह लोगों से नाराज होकर झगड़ा करता और बोल-चाल बंद कर लेता था। वह न तो किसी के घर जाता और न ही किसी को अपने घर बुलाता था। यदि रास्ते में उसे कोई मिल जाता तो वह नमस्कार करने के बजाय मुँह फेर लेता था। उसके इसी स्वभाव के कारण गाँव के दूसरे किसान भी अभिमानी समझ उससे बात भी करना पसंद नहीं करते थे।

उसी गाँव में दयाराम नाम का एक सीधा-सादा किसान रहता था। उसका स्वभाव बड़ा ही दयालु था। वह जरूरत पड़ने पर दूसरे लोगों की मदद भी करता था। वह सबसे प्यार से बातें करता था। इसी कारण गाँव के सभी किसान उसका आदर करते थे और प्रत्येक काम में उससे सलाह भी लिया करते थे।

एक दिन गाँव के लोगों ने दयाराम को समझाते हुए कहा कि शेरसिंह बहुत ही झगड़ालु स्वभाव का इनसान है। तुम न तो उससे कभी बात करना और न ही उसके घर जाना। लोगों की बात सुनकर दयाराम ने कह दिया कि यदि शेरसिंह ने मुझसे झगड़ा करने की कोशिश भी की तो मैं उसे जीवित नहीं छोड़ूँगा।

दयाराम की बात सुनकर दूसरे किसानों को हँसी आ गई। क्योंकि वे सभी जानते थे कि जो व्यक्ति किसी को गाली नहीं दे सकता, वह किसी को कैसे मार सकता है? लेकिन किसी चुगलखोर ने दयाराम की कही हुई बात शेरसिंह को जाकर बता दी। बस फिर क्या था? उसी दिन से शेरसिंह दयाराम से लड़ने का बहाना ढूँढ़ने लगा। लड़ने की नीयत से एक दिन शेरसिंह ने अपने बैल दयाराम के खेत में छोड़ दिए। शेरसिंह के बैल दयाराम का बहुत सा खेत चर गए। लेकिन दयाराम ने संतोष कर लिया और बैलों को अपने खेतों से हाँक दिया।

शेरसिंह ने एक दिन दयाराम के खेत में जानेवाली पानी की नाली

तोड़ दी, जिससे पानी खेतों में न जाकर बाहर बहने लगा। लेकिन दयाराम ने नाली चुपचाप बाँध दी। लेकिन शेरसिंह से कुछ भी नहीं कहा। इसी प्रकार शेरसिंह दयाराम को रोज नुकसान पहुँचाने की कोशिश करता, किंतु दयाराम उसे लड़ने का एक भी मौका नहीं देता था।

एक दिन दयाराम ने सभी किसानों के घर एक-एक खरबूजा भिजवाया। सभी ने दयाराम के भेजे हुए खरबूजे को प्यार से रख लिया, किंतु शेरसिंह ने उस खरबूजे को यह कहकर वापस कर दिया, "मैं भिखारी नहीं हूँ, जो दूसरों का दान ले लूँ।"

बरसात के मौसम में शेरसिंह दूसरे गाँव से बैलगाड़ी में अनाज भरकर ला रहा था कि एक नाले की कीचड़ में उसकी गाड़ी फँस गई। शेरसिंह के बैल कमजोर और दुबले-पतले थे। वे गाड़ी को कीचड़ में से निकाल नहीं सके। जब गाँववालों को इस बात का पता चला तो कोई भी उसकी मदद के लिए नहीं आया। सबने कह दिया कि शेरसिंह बहुत दुष्ट आदमी है। अच्छा है, उसे रात भर कीचड़ में पड़ा रहने दो।

दयाराम का स्वभाव बड़ा दयालु था। उसके बैल भी ताकतवर थे। वह अपने बैलों को लेकर नाले की ओर चल पड़ा। गाँव के लोगों ने उसे रोकते हुए कहा, "दयाराम, शेरसिंह ने तुम्हारा बहुत नुकसान किया है। तुम हमेशा कहते थे कि अगर शेरसिंह मुझसे लड़ेगा तो मैं उसे मार डालूँगा। फिर उसकी सहायता करने क्यों जा रहे हो?"

जब शेरसिंह ने दयाराम को बैल लाते हुए देखा तो बोला, "मुझे किसी की सहायता की आवश्यकता नहीं है। तुम अपने बैलों को वापस ले जाओ।"

अभिमानी शेरसिंह की बातें सुनकर दयाराम बोला, ''तुम इस समय मुसीबत में हो। तुम्हारी गाड़ी कीचड़ में बुरी तरह फँसी हुई है और रात का समय है। मैं इस समय तुम्हारी कोई बात नहीं मानूँगा।''

दयाराम ने अपने मजबूत बैलों को शेरसिंह की गाड़ी में जोत दिया। दयाराम के बलवान बैलों ने गाड़ी को खींचकर तुरंत कीचड़ से बाहर निकाल दिया। अब शेरसिंह बहुत शर्मिंदा हुआ और गाड़ी लेकर अपने घर आ गया।

उसी दिन से शेरसिंह का स्वभाव बदल गया। दूसरे दिन शेरसिंह दयाराम से बोला, ''सचमुच, तूने मुझे अपने उपकार से मार डाला। मैं पहलेवाला घमंडी शेरसिंह नहीं रहा।'' अब शेरसिंह सबसे नम्रता और प्रेमपूर्वक व्यवहार करने लगा। वास्तव में बुराई को भलाई से जीतना ही सच्ची जीत कहलाती है। दयाराम ने सच्ची जीत प्राप्त कर ली।

बुद्धिमान व्यापारी

एक व्यापारी बहुत ही बुद्धिमान था। वह मुल्तानी मिट्‌टी बेचने का कारोबार करता था। एक बार वह राजस्थान से बैलों पर मुल्तानी मिट्‌टी लादकर दिल्ली की ओर आ रहा था। रास्ते में कई गाँवों से गुजरते समय उसकी बहुत सी मुल्तानी मिट्‌टी बिक गई। इसलिए बैलों पर लदे बोरे आधे हो गए और आधे भरे रह गए। भार एक तरफ होने के कारण बैलों की पीठ पर बोरे टिक नहीं रहे थे। परेशान होकर नौकरों ने मालिक से पूछा कि अब क्या करें?

व्यापारी बहुत ही बुद्धिमान था। वह नौकरों से बोला, ''यहाँ राजस्थान में रेत की कमी नहीं है। बोरों के एक तरफ रेत भर लो।'' मालिक की आज्ञा पाकर नौकरों ने खाली बोरों में रेत भर लिया। अब बैलों की पीठ पर एक ओर रेत और दूसरी तरफ मुल्तानी मिट्‌टी थी।

दिल्ली से एक सज्जन राजस्थान की ओर जा रहे थे। उन्होंने बोरों में से एक ओर रेत गिरती हुई देखी। उन्होंने नौकरों से कहा, ''तुमने बोरों में रेत क्यों भर रखी है।'' नौकर ने कहा, ''संतुलन बनाए रखने के लिए।''

नौकर की बात सुनकर वह सज्जन बोले, ''यह तुम्हारी क्या मूर्खता है? तुम और तुम्हारा मालिक दोनों ही मूर्ख हैं। बैलों पर व्यर्थ में ही भार लाद रहे हो। मुल्तानी मिट्‌टी के आधे-आधे बोरों को यदि एक ही जगह बाँध दिया जाए, तो बैल कम-से-कम आधे भार से मुक्त हो जाएँगे।''

सज्जन की बात नौकर को बहुत अच्छी लगी। नौकर ने कहा, ''हम क्या करें? हमारा मालिक जो कहेगा, हम तो वही करेंगे। आप हमारे मालिक से ऐसा करने की आज्ञा दिला दीजिए तो हम ऐसा ही करेंगे।''

वे सज्जन व्यापारी के पास गए और अपनी बात कह सुनाई। सज्जन ने व्यापारी को बताया, ''मैं व्यापार करने दिल्ली गया था, किंतु वहाँ जाकर बीमार हो गया। जो थोड़े से रुपए कमाए थे, वे भी खर्च हो गए। व्यापार में घाटा होने के कारण अब अपने घर जा रहा हूँ।''

सज्जन की बात सुनकर व्यापारी नौकर से बोला, "इनकी सलाह मत मानो। मुझे इनकी बुद्धि ठीक नहीं लगती। इसलिए इन्हें व्यापार में घाटा हो गया। लेकिन मैंने आज तक कभी व्यापार में घाटा नहीं खाया। इसलिए अपने बैल जैसे हैं, वैसे ही चलने दो।"

व्यापारी अपने बैलों को लेकर दिल्ली पहुँच गया। वहाँ जाकर व्यापारी ने रेत और मुल्तानी मिट्टी के अलग-अलग ढेर लगा दिए। व्यापारी ने नौकर से कह दिया कि जहाँ चारा-पानी का प्रबंध हो, वहीं पर इन बैलों को रख दो। यदि बैलों को चारा खिलाने में पैसे खर्च किए तो हम धन कैसे कमाएँगे। व्यापारी की मुल्तानी मिट्टी बिकनी प्रारंभ हो गई।

उसी समय दिल्ली के बादशाह बहुत बीमार हो गए। वैद्य ने कहा यदि बादशाह रेत पर टहलें तो इनका स्वास्थ्य शीघ्र ही सुधर जाएगा। इसलिए इन्हें राजस्थान भेज दीजिए। बादशाह के मंत्रियों ने सुझाव दिया कि यहाँ दिल्ली में हर चीज मिलती है। कल ही मैंने रेत का बहुत बड़ा ढेर देखा था। हम यहीं से रेत खरीद लेंगे। बादशाह ने तुरंत रेत मँगाने का आदेश दे दिया।

जब बादशाह के आदमी रेत खरीदने आए तो व्यापारी ने कह दिया कि रेत और मुल्तानी मिट्टी दोनों बैलों पर लदकर आए हैं, इसलिए दोनों की कीमत बराबर है। बादशाह के आदमियों ने व्यापारी को मुँह माँगी कीमत देकर सारा रेत खरीद लिया।

यदि व्यापारी उन सज्जन की बात मान लेता तो व्यापार में फायदा कैसे होता? इसलिए मनुष्य को हर काम बुद्धिमानी से और सोच-समझकर ही करना चाहिए।